गाड़ी और बवाल

एक मीठा झूठ

मंजुल मनीष

क्रम-सूची

प्रस्तावना

बोलना जरूरी है , पर यह जानना जरूरी है की कितना बोले . मेरी समस्या यह नहीं है की मुझे बोलने का मौका नहीं मिला , मेरी समस्या यह है की मुझे हिम्मत नहीं होती बोलने की . किसी अपराध होते देखता हूँ और मन करता है की बोलूँ तो डर लगता है , क्या पता समाज के ठेकेदार आ जायेंगे और बोलेंगे तब क्यूँ नहीं बोला जब सरकार में वोह थे . या फिर कोई बोल देगा की ज्यादा दिक्कत है तो छोड़ दो देश .

क्यूँ छोड़ू भाई . मेरी मिट्टी है . इन हवाओं में मुझे अपनापन लगता है . मुझे मेरा देश मेरे घर जैसा लगता है . अब घर के किसी कोने में धुल आ गयी है तो मैं तो बोलूँगा की धुल है . अगर मेरे बस में हो तो साफ़ भी कर दूंगा और मेरे बस में न हो तो किसी को तो बोलूँगा की साफ़ कर दो .

कलेजा तो है मेरे पास , पर इतना मजबूत नहीं की खुल के बोल सकूं . इसलिए नीम की गोली को चाशनी में लपेट कर पड़ोस रहा हूँ . निशाना कही और लगाया है , शिकार कही और है . जब तक आप किताब आधी पढ़ चुके होंगे , इस कटाक्ष की विटामिन का पहला डोज़ पूरा होगा और ख़तम होते होते दूसरा . फिर जब एकांत में बैठ कर इस किताब के बारे में सोचेंगे तब जाके कोर्स पूरा होगा .

प्रणाम .

भूमिका

जीवन का एक मोड़ ऐसा आता है जब आपको बेईज़्ज़ती खुश करने लगाती है . वह वक़्त होता है अकेलेपन का . आप इतने अकेले होते है की कोई बेईज़्ज़त भी करे तो भी आपको बुरा नहीं लगता . बल्कि यह लगता है की चलो कोई मुझ पर ध्यान तो दे रहा है .

उसी पल में एक झोंका ऐसा आया की मैंने एक छोटी सी कविता लिख दी . बात 1997 की है . न कविता याद है न भाव , पर यह याद है की पढ़ने वाले लगभग हर नौसिखिये ने कहा की मुझे लिखना आता है . बस फिर कलम घसना शुरू . सोचिये छात्र जीवन में यही सब तो होता है . बस किसी से सुनने को मिल जाये की वह पीले दुपट्टे वाली लड़की तुम्हे देख कर हस रही थी . हो गया काण्ड . मोहब्बत की ऐसी प्रेरणा मिलती है की घर जाने वाले रस्ते बदल जाते है , शौक़ बदल जाते है , खाने का तौर तरीका , कपड़ो की समझ , सोने का समय और हर वक़्त चेहरे में मुस्कान . लगता है चलो कही तो जा रहा हूँ . भले मंजिल को इसका कोई भी भनक नहीं है .

लेखक की उपाधि भी मेरे लिये कुछ ऐसी ही थी . ना कलम में जोर , ना भाषा की पकड़ , ना दुनिया की जानकारी . पर इरादे मोहब्बत में ठुकराए हुए आशिक के लीवर से भी ज्यादा मजबूत . उम्मीद है लीवर वाला व्यंग्य आप समझ गए होंगे . नहीं समझे तो कोई बात नहीं , मदिरापान वैसे भी हानिकारक है .

इन मजबूत इरादों पर डॉक्टर और इंजिनियर बनने का बोझा भरी पड़ गया . और आखिर में 2019 में जीवनसाथी ने पहली बार बोला की जो सोचते हो , वह बोला करो और जो बोलते हो वह लिखा करो , और जो लिखते हो वह किताब में छपवाया करो . नतीजा यह निकला की 2019 में मेरी पहली किताब " दी मर्की ट्रुथ " नाम से एक अंग्रेजी किताब छपी और फिर अब यह .

एक बैंक की नौकरी है जिससे रोटी का इंतज़ाम हो जाता है , नींद अच्छी आ जाये इसलिए किताब लिखता हूँ .

कोशिश करूंगा की मेरा लिखना नियमित रहे .
आशा करता हूँ आपसे सोशल मीडिया पे बात हो .
@manjulmanish28 नाम से ट्विटर पर हूँ .

1

मई की बारिश , महीनों से बंद पड़े हुए गीजर से निकले हुए ठंडे पानी की तरह होती है , जिसकी उम्मीद तो नहीं रहती पर मिलने पर खुशी होती है । इसी बारिश में कभी भिंगते , फिर सुखते और फिर से भिंगते हुए महेश की हिरो होंडा अलेश्वर की संकरी गलियों में घूम रही थी।

धूप में चमकती , लाल और काले रंग में सजी , घुर्र घुर्र करती महेश की दो पहिया देख कर कौन बोलेगा की यह तीन साल पुरानी गाड़ी है। गाड़ी से ज्यादा ध्यान देने वाली बात तो महेश की ड्राइविंग थी। लहरिया कट से मशहूर महेश की कलात्मक ड्राइविंग किसी नज़ारे से कम ना थी।

अलेश्वर की यह लगातार पतली होती जा रही गलियां , सरकार की नीतियों की तरह थी जो उम्मीद तो जगाती है पर अंत में खोखली नजर आती हैं। इन्हीं उम्मीदों में डूबे महेश अपनी गाड़ी को हर तरफ से संकरी होती हुईं गलियों से बचाते हुए सीधे एक ऑटो से जाकर टकराया। इतना जोर का धमाका की ऐसा लगे मानो बम फट गया हो । हीरो होंडा चला रहा हीरो रोड के एक तरफ अपनी दुर्घटना का साक्षात प्रदर्शन देखने वाले मनचलों से घिरा हूआ था । शरीर का दर्द तो कुछ दिन में चला जायेगा , बाजू में पड़ा काले रंग का टूटा हुआ चश्मा भी नया आ जाएगा , पर जो इज्जत रोड पर पसरी हुई थीं वह कैसे वापस आयेगी। अपने शरीर को झकझोरता हुआ , महेश अपना टूटे हुए चश्मे को उठाता हुआ अपने पैरो पर खड़ा हुआ । एक इशारे के साथ महेश ने सारे मनचलों को वहाँ से भागने को कहा । चलो जाओ यहाँ से , कोई सिनेमा चल रहा है क्या ।

इस घटना का दूसरा पहलू तीन पहियों में घूमता अलेश्वर में आतंक मचाने वाला ऑटो था , जिसका ड्राइवर तबरेज अब भी अपने सीट पर ही था । मानो वह अपने करामात का नतीजा देख रहा हो ।

"साला अंधा है क्या, दिखता नहीं सामने से मोटरसाइकल आ रही है।" महेश गरज कर बोला। तबरेज़ अब अपने ऑटो से बाहर आया । लंबा सफेद कुर्ता , सर पर जालीदार टोपी और छाती तक पहुँचती काली लंबी दाढ़ी । तबरेज को जो पहले बार देखे वह भूल ही जाता है कि गलती किसकी थी। पर महेश आज चुप रहने वाला नहीं था। वह भी तन कर तबरेज के सामने जाकर उसकी आंख में आंख मिलाकर बोला " तुझे मेरी मोटरसाइकल नहीं दिखी ?

"नहीं दिखी" तबरेज ने भी उतनी ही गर्मी से जवाब दिया।

दो पहिया और तीन पहिया गाड़ी के बीच का विवाद कोई आज का थोड़ी ही था। यह तो तब की लड़ाई है जब से गाडियां बनी और गाड़ियों के आकार के कारण उन गाड़ियों में लड़ाई छिरी।

अलेश्वर में दो पहिया की आबादी करीब 80 प्रतिशत थी , 16 प्रतिशत तीन पहिया ऑटो थे , ठाई प्रतिशत चार पहिया और करीब डेढ़ प्रतिशत जय वीरू द्वारा शोले में चलाई जाने वाली गाड़ी थी , जिसे स्थानीय लोग कन्वर्टिबल भी कहते थे। आए दिन यह गाडियां किसी ना किसी वजह से झगड़ती रहती थी , पर सबसे जबरदस्त दुश्मनी दो पहिया और तीन पहिया गाड़ी में थी . बनावट अलग , चलाने वाले लोग अलग और सबसे बड़ी बात , गाड़ी में डालने वाला ईंधन अलग।

महेश दूर हटकर खड़ा हुआ और ताली बजाते हुए बोले , देखो , देखो इनको। यह है अकड़ ।गलती करेंगे , सामने वाले को परेशान करेंगे , और रबाब ऐसा की सामने वाला आदमी ही अपने आप को कसूरवार समझे। जब इलाका अलग हुआ था , तभी बात साफ हो गई थी कि तीन पहिये वाली गाड़ी के लिए अलग इलाका होगा बाकी सारी गाड़ियों के लिए अलग , लेकिन इन्हें शौक था हमारे साथ रहने का। अब हम इनको साथ में रहने दे रहे है तो यह हम पर ही अकड़ दिखा रहे है। इसको कहते है गद्दारी।

गद्दारी बहुत ही बड़ा शब्द था , तबरेज इसको बर्दाश्त ना कर सका। उसने जोर से महेश को धक्का दिया , और बोला जाकर अपने बाप को गद्दार बोल।

अब बात बिगड़ चुकी थीं ।महेश की आंखें गुस्से से लाल हो गई थी , चेहरा तो गिरने के बाद से ही लाल था। उसने तुरंत अपने कुछ दो पहिया चलाने वाले दोस्तों को मोबाइल पर संपर्क किया और तुरंत मौका वारदात पर आने बोला। एक बार फिर धूल झाड़ते हुए खड़े होकर महेश ने पूरे पैतरे से बोला कौन किसका बाप है थोड़े देर में समझ आएगा । इसी बीच सामने से अपने कन्वर्टिबल से आने वाले पीटर ने झट से मामले को समझते हुए तबरेज का साथ देना सही समझा। वह बोला , आखिर सड़क सभी की है , कोई भी गाड़ी जा सकती है यहां से।

सड़क सभी की है , पर यह सड़क पे सभी गाड़ी नहीं जा सकती है , यहां पर सिर्फ दो पहिया ही चलेगी। बगल के दुकान पर खड़े रोहित ने अपने स्कूटर पर बैठ हाथ मोड़कर बड़े दबाव के साथ बोला। स्कूटर दो पहिया की चौथी सबसे ज्यादा चलाई जाने वाली गाड़ी थी , साइकिल और स्कूटी के बाद। गुट बन रहा था , दोनों तरफ से भीड़ जमा हो रही थी , बस कुछ लोग और जमा हो जाते और मार शुरू हो जाती। इसी बीच अलेश्वर के सबसे प्रतिष्ठित इंसान सरदार ईशान सिंह अपने चार पहिया से पहुंचे। चार पहिया वालो की अलेश्वर में अलग ही जगह थी ।यह लोग सबसे शांत होते है , दान दक्षिणा का काम करते है और सबसे मेलजोल बना के रखते है। कद काठी के कारण भी चार पहिया की अलग ही इज्जत थी इलाके में।

क्या बिना झिकझिक के यहां कोई नहीं रह सकता क्या ? ईशान सिंह की गरजती हुई आवाज़ सब के कानों में गूंज गई । रुतबा और व्यक्तित्व सामने वाले को जवाब देने को मजबूर कर देता है।

कुछ नहीं ईशान जी , बस इन ऑटो वालो का कहर है , ना यह चैन से जीते है ना हमें जीने देते है । हर दिन किसी ना किसी का सिर फूटना ही है इन ऑटोवालों के करामाती ड्राइविंग के कारण । महेश ने सबसे पहले अपनी बात रख कर बचाव करना चाहा।

कौन करामाती गाड़ी चलाता है यह सबको पता है , तबरेज की यह बात पूरे दोपहिए गाड़ी चलाने वालो के लिए थी । खासकर मोटरसाइकल के लिए , क्योंकि स्कूटर , स्कूटी और साइकिल वाले इतना लहराते हुए गाड़ी नहीं चलते है। तबरेज की किस्मत इतनी बुरी की उसकी यह बात वह उसी वक़्त अपनी मोटर साइकिल से आए पेट्रोल पंप के मालिक रामप्रसाद के कान में पड़ी।

साला क्या बोला बे। रामप्रसाद ने अपने मुंह से पान फेंकते हुए ज़बान साफ करके फिर से पूछा। क्या बोला बे साले तीलंगे , सारी गलती मोटरसाइकल वालो की है। खुद तो बड़ा तमीज से चलता है।

तिलंगा , तीन पहिया गाड़ी के लिए इस्तेमाल किए जाने वाली एक कठबोली थी।तिलंगा शब्द तबरेज के कानों को चीरता हुआ उसके कदमों तक जा पहुंचा जो ऑटो की तरफ बढ़ चुके थे। ऑटो के पीछे जाकर तबरेज ने एक छोटी सी गेट खोली और उसमें से एक लंबा चाकू निकाला। अब फैसला हो ही जाए कि कौन कैसी गाड़ी चलाता है।

आम तौर पर कोई और होता तो वह पीछे हट जाता , पर रामप्रसाद था खुदगर्ज और रामप्रसाद से भी ज्यादा ढीठ था उसका अहंकार । उसने अपने मोटरसाइकल की पहले से ही ढीली पड़ी चैन तोड़ डाली और हाथ में मरोड़ता है बढ़ चला तबरेज की ओर। सिर्फ शारीरिक बल की बात की जाए तो रामप्रसाद लंबाई में नीचे से और चौड़ाई में बाए से तबरेज के पेट तक ही पहुंचता था। पर सिर्फ शरीर से जंग जीती जाती तो लोग हिटलर का नाम थोड़े ही ना जानते। रामप्रसाद का साहस देख कर महेश भी अपना बेल्ट निकाल कर दाएँ हाथ से अपना बेल्ट पकड़े और बाए हाथ से अपने पैंट को पकड़े तबरेज की ओर बढ़ा।

शायद ऊपर वाले ने सरदार ईशान सिंह को इसी लिए भेजा था कि वह लड़ाई झगड़े को रोक सके। ईशान जी बीच में कूद पड़े ।तबरेज के हाथ को दबाते हुए उन्होंने एक ऊँची आवाज़ में रामप्रसाद को भी रुकने बोला। रामप्रसाद और तबरेज ने अपने हथियार नीचे कर लिए । महेश ने भी झटपट अपनी बेल्ट लगा ली ।दिल से वह भी नहीं चाहता था कि झगड़ा हो ।एक ही दिन में कितने बार अपनी बेइज्जती कराता ।

अगर यह रोड सबके लिए बनी है तो इसे कोई भी इस्तेमाल करे दिक्कत क्या है।ईशान ने महेश और रामप्रसाद को बोला।

महेश अब तक अपनी बेल्ट बांध चुका था और आत्मविश्वास से भरा हुआ था। इससे पहले कि रामप्रसाद कुछ बोले वह अपने बात रखते हुए बोला । दिक्कत इस बात की है ईशान जी , की यह सड़क बहुत पतली है और यहां पर दो पहिया के अलावा और कोई गाड़ी नहीं जा सकती है।इसलिए हम यह प्रस्ताव रखना चाह रहे है की अलेश्वर का यह इलाका विष्णुपुर की सड़क सिर्फ दो पहिया वाले के लिए हो ।

तुम्हारी यह प्रस्ताव कभी मंजूर नहीं होगी , तबरेज ने महेश की ओर हाथ दिखाते हुए बोला । अलेश्वर कभी एक प्रकार की गाड़ी के लिए नहीं बना। यहां सभी गाड़ी चल सकती है । रही बात विष्णुपुर की ।सबसे पहले यह गली विष्णुपुर में नहीं है , यह बाबरगंज है। दूसरी बात यह गली पतली है पर इतनी नहीं की तीन पहिया ना चल पाए। थोड़ी संयोजित तरह से चलने की बात है बस , सब प्यार से चल सकते है इस सड़क पे।

रामप्रसाद में धीरे धीरे हिम्मत आ रही थी। वह पूरे हिम्मत से बोला । जाएगा तो सिर्फ दो पहिया यहां से चाहे जो हो जाए।

सुनो भाई रामप्रसाद , ट्रैफिक विभाग क्या बोलेगा पता नहीं पर जब तक फैसला नहीं आता , सभी लोग इस सड़क से जा सकते है। सरदार जी ने ठहराव के साथ अपनी बात कहीं । पीटर भी अपनी आवाज़ तेज करते हुए बोला , एकदम सही बोल रहे है ईशान जी । जब तक ट्रैफिक विभाग कुछ पक्का नहीं करता सारी गाडियां यह से गुजर सकती है।

चलो ठीक है , बस कुछ दिन की मौज है , ले लो। एक बार फैसला आ जाए फिर सब अपने रास्ते। रामप्रसाद ने मौके की नजाकत को परखते हुए बोला और विवाद को अस्थाई रूप से रोकने की कोशिश की।

माहौल थोड़ा शांत हुआ , लोग अपने अपने घर के ओर जाने लगे । महेश अपनी हीरो होंडा को स्टार्ट करके तबरेज को घूरते हुए जाने लगा । सबके निकालने के बाद सरदार ईशान जी भी अपनी गाड़ी लेकर निकलने लगे ।

भीड़ से कुछ दूर चाय की दुकान पर खड़े दो लोग जिनके पास कोई भी गाड़ी नहीं थी , जो सिर्फ पैदल ही चलते थे आपस में बात करते हुए बोले।

बताओ क्या ज़माना आ गया है , गलियां पतली है , सड़कें टूटे हुए है पर झगड़ा गाड़ी की बनावट पर हो रहा है। अब इसमें गाड़ी की क्या गलती है
।

2

तबरेज अपने दोस्त और दूसरे तीन पहिए चलाने वाले ड्राइवर रहीम के साथ ट्रैफिक विभाग के एक वरिष्ठ पदाधिकारी अमन मलिक के पास पहुंचा । अमन मलिक अलेश्वर के ट्रैफिक विभाग में पिछले बारह साल से काम कर रहा था और अपने निरपेक्ष व्यवहार के कारण जाने जाते थे। अलेश्वर में ट्रैफिक का प्रमुख चुनाव के माध्यम से चुना जाता था। अमन इस चुनाव में दो बार लड़ चुका था और काफी लोकप्रियता के बावजूद उन्हें हार का सामना करना पड़ा था । लोग कहते है कि उनकी सभी गाड़ियों के प्रति समान लगाव ही उनके हार का कारण बनता था । अलेश्वर इस प्रकार गाड़ियों के आकार के हिसाब से बटा हुए था कि कोई भी इंसान अगर समानता पर बात करता था तो उसे नकार दिया जाता था । इस बार फिर चुनाव होने वाले थे और अमन भले ही योग्य उम्मीदवार ना हो , लोकप्रिय जरूर था ।

अमन तबरेज और रहीम को देखते ही सारा मामला समझ गया । उसने दोनों को अपने निजी दफ्तर में आने के लिए कहा और सबके लिए कॉफी मंगवाई ।

आज बहुत बड़ा हंगामा हो गया अमन जी । तबरेज ने अमन के सामने अपनी बात रखी ।

मेरे आंख और काम हमेशा खुले रहते है , मैं सब कुछ जानता हूं। अमन अलेश्वर का एक पुराना और नामचीन बाशिंदा था उससे कुछ छुप नहीं सकता। मैं यह भी जानता हूं कि यह सब हमारी कमजोर व्यवस्था का नतीजा है । पर जो हुआ सो हुआ , आगे नहीं होगा । यह व्यवस्था

बदलेगी ,जरूर बदलेगी और में इसे बदलूंगा । जब मैं सरकार में आऊंगा तब यह गाड़ियों के आधार पर जो समाज में बटवारा फैला हुआ है उसे बंद करवाऊंगा ।

पर आप जब प्रमुख बनेंगे तब में बहुत समय है । रहीम बहुत देर चुप रहने वाला इंसान नहीं था । उसे तुरंत नतीजा चाहिए था ।

माफ कीजिये अमन जी पर अगर हम इस भरोसे चुप भी बैठे रहे की आपके प्रमुख बनने के बाद सभी गाड़ियों को बराबर हक मिलेगा , तो भी यह दो पहिया और तीन पहिया के बीच की लड़ाई थोड़े ही ना रुक जाएगी । आप यह बताए हम अभी क्या करें ।

सभी जानते थे कि अमन के चुनाव में जीतने की संभावनाएं कितनी थी इसलिए कोई उनके खोखले वादे पर यकीन नहीं करता । अमन स्वयं भी इस बात से अवगत था की चुनाव कभी भी असली मुद्दों पर नहीं होता , और यह गाड़ियों के बीच की दूरियां कभी मिटने वाली नहीं थी ।

मैं जानता हूं मेरा चुनाव जीतना एक चमत्कार से कम नहीं है , पर फिर भी में उम्मीद नहीं छोड़ सकता । रही बात समाधान कि तो मैं कल है ट्रैफिक विभाग के प्रतिनिधि से मिलने जाऊंगा और उनसे शहर में गाड़ियों को लेकर हो रहे भेदभाव को रोकने के लिए बात करूंगा ।

धन्यवाद अमन जी , तबरेज ने हाथ जोड़ते हुए कहा , वैसे मेरा या रहीम का यह मतलब बिल्कुल नहीं था कि आप चुनाव जीतने में समर्थ नहीं है , हम बस यह कह रहे है कि यह गाड़ियों को लेकर लड़ाई झगड़ा तो अनैतिक काम है , इसपर तो कड़ी कारवाई होनी चाहिए ।

जरूर होगी , आप लोग उसकी चिंता ना करें । हम लोग कल ट्रैफिक विभाग में मिलते है ।

अमन ने तबरेज और रहीम को आश्वासन देते हुए कहा । अमन जानता था कि अलेश्वर का माहौल ठीक नहीं है । आए दिन अलग - अलग गाड़ियों के बीच झगड़े की खबर आती रहती है । खासकर दो पहिया और तीन पहिया गाड़ी के बीच। इसमें कोई शक नहीं था कि तीन पहिया गाड़ी चलने वाले ड्राइवर बहुत ही असभ्य तरीके से गाड़ी चलाते है और ट्रैफिक के नियम का उलंघन करते है सो अलग , पर मार पीट किसी भी समस्या का समाधान नहीं था । अपनी ही बातों में उलझे अमन ने

अपने मोबाइल में सवेरे का अलार्म लगाया और अपने शयन कक्ष में चले गए ।

---***---

एक तरफ ट्रैफिक विभाग में अमन मालिक जैसे आदमी थे , तो दूसरे तरफ कबीर शाह जैसे लोग भी था , जिनकी राजनीतिक गाड़ी , अलगाववाद , नफरत और ध्रुवीकरण के पहियों पर चल रही थी । रामप्रसाद पेट्रोल पंप का मालिक के साथ साथ राजनीति में भी एक सक्रिय इंसान था । वह महेश और रोहित के साथ कबीर शाह के पास पहुंचा । अलेश्वर की जनता के खून से सींचे , भ्रष्टाचार की ईंट पर खड़े और राजनीतिक सादगी की पेंट से पुते अमन का घर किसी महल से कम ना था । आती जाती सफेद चार पहिया अंबेस्डर , जहां तहां रेस में हारे हुए घोड़े की तरह अपने मालिक का इंतज़ार करते ढेर सारी दो पहिए और एक भी तीन पहिया या कन्वर्टिबल का नामो निशान नहीं ।

आप इस इलाके से किसी भी तरह इन तिलंगो का सफाया कीजिए ।यह लोग आए दिन मनमानी करते है , जानवरों की तरफ गाड़ी चलाते है , ग्राहक से मनमानी रकम वसूलते है , ट्रैफिक तोड़ते है और पता नहीं क्या क्या । अगर यह हमारे बीच रहते है तो हम कभी चैन से नहीं रह सकते । आपको कुछ करना ही पड़ेगा ।

कबीर राजनीति में नया था पर समझदार था और अच्छी तरह से जानता था कि अलेश्वर की राजनीति , गाड़ियों के ध्रुवीकरण पर टिकी हुई थी । इसका अगर अच्छे से इस्तेमाल किया जाए तो उसकी राजनीतिक रोटियां कभी कच्ची नहीं रहेगी ।

मैं जानता हूं उन तीन पहियों को । यह लोग अपने बाप के भी सगे नहीं होते । इनका यह व्यवहार नया नहीं है , उन्हें कई साल से बोला जा रहा है कि आगे कि सीट पर यात्री ना बैठाओ पर वह सुनते ही नहीं है । खैर अब उनके बुरे दिन आने वाले है ।कल हम लोग ट्रैफिक विभाग के पास जाएंगे और तीन पहिया गाड़ी पे सम्पूर्ण रूप से निषेध लगाने की मांग करेंगे । आप लोग चिंता मत कीजिए अलेश्वर दो पहियों का शहर है और आगे भी दो पहियों का ही रहेगा । और आप लोग कभी भी खुद को अकेला मत समझे , जब भी कोई मुसीबत आए तो पीछे मत हटिए

, उसका डट कर सामना कीजिए , याद रखिए , हम उनसे पांच गुना है संख्या में । हम अगर अपने पर उतर जाए तो उन्हें कोई नहीं बचा सकता ।

उन्हें अमन मलिक का सहारा है , कन्वर्टिबल , चार पहिए और कई पैदल चलने वाले भी उनके साथ खड़े हो जाते है । यहाँ तक की अमन जी और हमारे दो पहिए चलाने वालो में से कई उनके साथ आवाज़ मिलने लगते है । महेश ने अपनी बात कबीर के सामने रखी ।

यह तो सचमुच बहुत बड़ी समस्या है , कुछ समानार्थक विचार वाले दो पहियों के कारण हम कमजोर पड़ जाते है । यह लोग इतनी छोटी सी बात नहीं समझते के यह तीन पहिए किसी के नहीं होते , काम पड़ने के बाद यह उन दो पहियों को पूछेंगे भी नहीं । तुम लोग चिंता मत करो जब तक हम लोग साथ है हमारे कोई कुछ बिगाड़ नहीं सकता । कल हम सभी ट्रैफिक विभाग में मिलते है , वहीं सारी बात साफ हो जाएगी ।

सभी लोग एक एक करके कबीर के घर से निकल गए । क्या खूब कहा है किसी ने , बेकार आदमी कुछ किया कर , कुछ नहीं तो कपड़े उधेड़ कर सिया कर । यह बेकारी का ही तो मंज़र था । इतनी बड़ी बात कौन सी हो गई थी । एक छोटी सी दुर्घटना ही हुई थी , उसमें भी कोई चोटिल तक नहीं हुआ । पर बवाल ऐसा मानो कितनी बड़ी बात हो गई हो । दरअसल तीन पहिया वाले कुछ भी करे बवाल हो ही जाता है और अमन और कबीर जैसे नेता लोग तो बस ऐसे मौके ढूंढ़ते रहते है , की कब कुछ झगड़ा हो और वह इससे राजनीतिक मुद्दा बना दे । सभी को अगले दिन का इंतजार था .

ट्रैफिक विभाग किसी का सगा ना था , वह किसी की बात नहीं चलती । चूंकि अभी कोई प्रमुख नहीं है तो विभाग की प्रबंधक साहिबा आलिया देवी ही सारे निर्णय लती थी । अब वह किनका साथ देंगी , यह तो समय बताएगा । हालांकि यह बात सभी लोग जानते थे कि आलिया जी उस चंदन के वृक्ष की तरह थी जिसपर अजगर का भी असर नहीं होता । उन्होंने अलेश्वर के इस भ्रष्ट माहौल में भी खुद को गलत काम से दूर किए रखा था और हमेशा सच का साथ दिया । कबीर जैसे इंसान तो उन्हें फूटे आंख नहीं सुहाते थे ।

कबीर के साथ अमन भी डरा हुआ था , आलिया किसी कि सगी नहीं थी । दोनों ने अपने समर्थकों के सामने अपने इज्जत को बचाने के लिए बिना सोचे समझे हामी भर दी थी । ऊँट किस करवट बैठेगा , यह कल पता चलने वाला था ।

3

अमन अपने अलार्म बजने से पहले ही उठ गया था । अख़बार के साथ चाय तभी अच्छी लगती है जब दिमाग खाली हो , पर अमन के दिमाग पर ट्रैफिक विभाग में अपनी बात रखने , समर्थकों के सामना अपनी इज्जत बचाने और कबीर के सामने अपनी हस्ती बचाने का जबरदस्त दबाव था । चाय ठंडी हो रही थी और अख़बार के पन्ने मिली जुली राजनीतिक पार्टियों से बनी सरकार की तरह अपने आप पलटे जा रहे थे।

फोन की घंटी ने अमन के अचेतन को भंग कर दिया । हां तबरेज , तुम कहा पहुंचे ।

मैं कार्यालय के नीचे खड़ा हूं , आलिया मैडम अभी नहीं आई है , आप जल्दी आ जाए वरना वह दूसरे काम में उलझ जाएंगी । तबरेज़ ने ठेठ अंदाज में बोला ।

हाँ मैं बस निकल ही रहा हूं , तुम मुझे वहां की खबर देते रहना ।

फोन काटकर अमन फुर्ती से अपने कमरे कि तरफ बढ़े , कुछ कागज अपने झोले में डाला , पैरो पर सैंडल डाली और तीन पहियों के हक की लड़ाई के लिए अपने दो पहिए पर निकल पड़े ।

___***___

रामप्रसाद अपने दो पहिए में बैठा कबीर शाह की इंतज़ार कर रहा था । थोड़े ही दूर एक तीन पहिया खड़ा था । उसे देख कर रामप्रसाद ने अपने साथ खड़े महेश से कहां , साला देखने से ही बदसूरत लगता है । इस गाड़ी की जात ही खराब है । जितनी खराब गाड़ी उतने ही खराब ड्राइवर । जिस पानी को पीते है उसी से गाड़ी का कांच भी पोछ लेते है , इंजन में भी डाल

लेते है और पता नहीं कहा कहा डाल लेते है । यह बोलकर रामप्रसाद जोर जोर से हंसने लगा । रामप्रसाद को देख और उसकी बात सुनकर साथ में अपनी दो पहिया को सहारा बना कर बैठे हुए महेश और रोहित भी हसने लगे ।

तभी कबीर नीचे उतरा । प्रणाम मालिक । सभी ने सर झुकाकर कहा प्रणाम , तुम लोग यहां क्यों आए गए , सीधे वहाँ पहुंचते , मेरा आने पर जय जयकार करते । थोड़ा दबाव पड़ता । गजब बेवकूफ हो यार रामप्रसाद तुम । सिर्फ पान चबाने और भाषण देने से नेता नहीं बनता इंसान , थोड़ा वर्चस्व भी कायम करना पड़ता है ।

माफ कीजिए साहब , हम लोग को लगा आपको बैठा कर ले जाएंगे ।

साला फिर गधा जैसा बात किया । ट्रैफिक विभाग का अफसर दो पहिए में जाएगा । अरे रूबाब कैसे बनेगा फिर । चार पहिया मंगवाए है हम , आता ही होगा । तुम लोग बढ़ो , हम सीधे कार्यालय में मिलते है ।

रामप्रसाद महेश और रोहित से बड़ा आदमी था उनके सामने खुद के लिए गधा शब्द सुनना बेइज्जती की बात थी । पर वह क्या करता । उसने चुप चाप अपनी गाड़ी स्टार्ट की और महेश और रोहित के साथ वहाँ से निकाल गया ।

---***---

तबरेज अमन मालिक को दो पहिया पर आते हुए देख कर ही निराश हो गया । अमन के पास पहुंचते ही उसने पहला सवाल किया । आपको दो पहिया में ही आना था , कम से कम मुझे बोल देते , में अपनी गाड़ी लेकर आ जाता । तुम भी उन्हीं की तरह बात कर रहे हो । गाड़ियों में फर्क मत करो , सभी गाड़ियां एक सी है । इससे कोई फर्क नहीं पड़ता कौन कैसे आया है । आलिया जी आ गई क्या ?

नहीं हम सब उन्हीं का इंतजार कर रहे है , हमेशा इस समय आ जाती है , पता नहीं आज क्या हो गया । तबरेज ने प्रवेश द्वार देखते हुए बोला ।

इतनी सारी दो पहिया क्यों खड़ी है , वह लोग भी आ रहे है क्या ।

नहीं यह दूसरे काम से होगी , सारे दो पहिया वाले महेश और रामप्रसाद जैसे थोड़े ना होते है । और अगर है भी तो में अकेला ही उनके

काफी हूं । रहीम ने अपने जेब से शर्ट उठा कर देसी कट्टा देखते हुए बोले ।

अमन और चैन की दुहाई देने वाला अमन यह देख कर अवाक रह गया । गजब करते हो भाई तुम , बंदूक लेकर आ गए यह पर । कोई देख लेगा तो क्या होगा ।

अरे बंदूक कहा है , मामूली सा कट्टा है , सचमुच दो नली ले आते तो क्या बोलते आप। तबरेज ने इशारे से रहीम को शर्ट नीचे करते हुए कहा ।

कट्टा बंदूक नहीं है , तो फिर क्या है फूलों की माला । तुम लोग सब तीन पहिया वाले एक से हो , गुंडे और दबंग । इसलिए समाज तुम्हारी इज्जत नहीं करता , हमेशा लड़ने पे उतारू होते हो ।

ऐ अमन बाबू थोड़ा जबान संभाल के । रहीम अमन मालिक की ओर उंगली दिखाते हुए बोला । हम कट्टा किसी को मारने नहीं लाए है , पर हम पर कोई हमला करें तो हम चुप नहीं रहेंगे ।

अरे तो कानून हाथ में ले लोगे , अमन दांत पीसते हुए गुस्से से बोला ।

रहीम उठ कर अमन के पास आ ही रहा था कि प्रवेश द्वार से जोर की आवाज़ आई ," अलेश्वर का एक ही वीर , सबका रखवाला शाह कबीर "

"अलेश्वरं का एक ही वीर , सबका रखवाला शाह कबीर "

कबीर शाह कि गाड़ी रामप्रसाद और महेश की दो पहिए के पीछे पीछे चलती हुए अलेश्वर के ट्रैफिक विभाग के कार्यालय में घुसी और बिल्कुल बीचों बीच जाकर खड़ी हो गई । नेतागिरी के सारे चोंचले मालूम थे कबीर शाह को । अपने करीबी तेजेंदर पाल की खुली जीप पर खड़े होकर हस्ते हुए कबीर ने सभी को प्रणाम किया और बोला । आप सभी को आपके सेवक का प्रणाम । हम जानते है कि अलेश्वर की सड़कें पहले जैसी सुरक्षित नहीं रही कुछ लोग इससे अपने घर की गली समझने लगे है , हम उन्हें समझा दे की कुछ गलियों पर चलने वालों का नाम लिखा होता है , उन गलियों से थोड़ा दूरी बना कर रहिए वरना , गली तो हाथ से जाएगी , गाली भी सुनने को मिलेगी ।

कबीर की बात सुनकर बैठे उचक्कों ने खूब ठहाका लिया और रामप्रसाद और महेश ने भी गाड़ी की इंजन घिस घिस कर अपनी प्रतिक्रिया व्यक्त की ।

नेता गिरी इसी को तो कहते है । निकम्मों की फौज बनाओ , बड़ी सी गाड़ी रखी और कुछ भी तालबध तरीके से बोल दो । तालियाँ अपने आप वोट का रूप ले लेती है ।

रहीम गरम मिजाज़ का था , वह जानता था कि यह चेतावनी उसके लिए और उसके जैसे तीन पहिया चलने वालो के लिए दी जा रही है ।

साफ साफ बोलिए कबीर साहब किसको बोल रहे है , डरपोक जैसे घुमा फिर के क्यों बोल रहे है ।

रामप्रसाद फौरन अपनी गाड़ी से उतरा और तेज़ी से रहीम कि और बढ़ते हुए बोला , डरपोक किसको बोला साले । रामप्रसाद और रहीम कद काठी में बिल्कुल बराबर थे । बोलते हुए रामप्रसाद रहीम के छाती से छाती मिला कर खड़ा हो गया और अकड़ कर उसकी आंखों में घूरने लगा ।

रहीम ने उसे पीछे करते हुए कहा , अपना गुस्सा पैदल चलने वालो और , साइकिल वालो पर निकालो , हम तीन पहिया चलाने वाले किसी से डरते नहीं

अपने समर्थक को आक्रोश से भरे हुए देख कर कबीर भी उत्तेजित हो गया , पर उत्तेजना नेता पर नहीं फबती । उसने कुटिल अंदाज में कहा , छोर दो रामप्रसाद , इनकी गलती नहीं है , जिनके साथ किस्मत ने ही धोखा दिया हो वह क्या कर लेंगे ।

इससे पहले कि माहौल और गरम हो प्रवेश द्वार से घुसते हुए आलिया मैडम की गाड़ी ने सबको शांत कर दिया । अपनी छोटी सी चार पहिया में आलिया आयी और बिना कुछ बोले अपने दफ्तर में चली गई ।

अमन और कबीर अपनी अपनी टोली को लेकर पीछे पीछे पहुंचे । सिक्योरिटी गार्ड ने उन्हें बाहर ही रोकते हुए कहा कि बिना पूर्व सूचना के मिलने नहीं दिया जा सकता। कबीर खुद उसी विभाग का कर्मचारी था , पर आलिया से कद में छोटा था । चुनाव के बाद चाहे कुछ भी हो पर

अभी तो आलिया उसकी मैडम ही थी । उसने अपने गुस्से को दबा कर बड़ी विनम्रता से पूछा , हमें बस पांच मिनट का काम है , एक बार पूछ लो शायद समय दे दे ।

गार्ड ने फिर अमन को देखते हुए कहां , आप लोगों का मसला एक ही है क्या ? इससे पहले अमन कुछ बोल पाता ,

कबीर ने कहा , हां लगभग एक ही बात है।

ठीक है , में अभी मैडम से पूछ कर बताता हूं ।

गार्ड ने तुरंत बाहर निकाल कर अमन और कबीर की ओर इशारा करते हुए बोला , सिर्फ आप दोनों जाये , बाकी लोग यही इंतज़ार कीजिए ।

आलिया अनुभवी और समझदार थी , अमन , कबीर और गाड़ियों कि समस्या से वह वाकिफ थी ।

बोलिए सर , आप दोनों की क्या मांग है । कबीर ने शुरुआत करते हुए बोला , देखिए मैडम विष्णुपुर की गली बहुत छोटी है उसमे सिर्फ दो पहिया जा सकते है , पर यह बात तीन पहिए नहीं समझते है और हर दिन कोई ना कोई वहाँ टकरा जाता है । आप किसी तरह विष्णुपुर में तीन पहियों पर रोक लगा दीजिए ।

अमन ने कबीर की बात खतम होते ही तुरंत बोला , मैडम विष्णुपुर की गली पतली है , पर वह एक छोटा रास्ता है जिससे गाड़ियों का काफी समय और तेल बचता है । अगर समझदारी से इस्तेमाल किया जाए तो यह रास्ता दोनों लोग इस्तेमाल कर सकते है ।

देखिए यह निर्णय मेरे हाथ में नहीं है , वैसे भी मेरे स्थानान्तरण की सूचना आ गई है । चुनाव आने वाले ही है आप लोग चुनाव में लड़ लीजिए जो जीतेगा उसे जो फैसला करना है कर ले ।

यह बात कबीर के लिए एक राहत की तरह थी । उसने अपना उत्साह छिपाते हुए पूछा , आप कहा जा रही है मैडम ।

आपको इस बात से क्या मतलब , आप चुनाव कि तैयारी कीजिए , करीब दो महिने में चुनाव होंगे , कुछ ही दिन में तारीख आ जाएगी । अब मुझे अपना काम करने दीजिए , आप लोग अपना काम देखिए ।

अमन इस बात से घबरा गया। मैडम , चुनाव में तो दो महीने है , तब तक हम लोग क्या करेंगे ।

आपने शायद मेरी बात सुनी नहीं । यह फैसला मेरे हाथ में नहीं है । आपको जो करना है कीजिए , इतनी छोटी सी बात में भी अगर आप शांति से नहीं रह सकते तो फिर मेरे कुछ करने से भी कुछ नहीं होगा । कृपा करके आप लोग यहां से जाएं और मुझे अपना काम करने दीजिए ।

सिक्योरिटी गार्ड ने बीच में आते हुए सबको जाने के लिए कहा ।

यह तो बहुत अच्छी बात हो गई अमन बाबू , पिछले चुनाव में आपका प्रदर्शन तो सबका पता ही है , देखते है इस बार क्या होता है ।

कबीर शाह अपने गुर्गों के साथ वहाँ से निकाल गया ।

बात अब भी वही फँसी थी , विष्णुपुर गली से तीन पहिया जा सकते है कि नहीं ।

4

अमन जानता था की चुनाव में उसके जीतने कि संभावना बहुत कम थी . पर उसके हाथ में कुछ भी नहीं था . सिर्फ तीन पहिए , चार पहिए और कनवर्टिबल के दम पर चुनाव जीतना असंभव था । उसे कुछ दो पहियों के सहयोग की सख्त जरूरत थी । अमन के इरादे नेक थे पर नेतागिरी एक ऐसे नशे के तरह होती है जिसे बिना लिए उसकी लत लग जाती हैं। अमन के तमाम हरकतों के पीछे उसकी चुनावी मंशा थी ।

अलेश्वर की दशा के लिए अलेश्वर की जनता ही जिम्मेवार थीं, शुरू से गाड़ियों के आधार पर बटवारा रहा था , कुछ साल पहले जब अलेश्वर का बटवारा हुआ और एक नयी जगह पाकुर बनी तब कई तीन पहियों को लगा सिर्फ़ उनके लिया एक अलग इलाका बन रहा है , जहां पर सिर्फ तीन पहिया गाड़ी रहेगी और उसमें सी एन जी भराया जायेगा । सी एन जी तीन पहियों में डाले जाने वाला एक विशिष्ट ईंधन था । नए इलाके में इस बात पर भी जोर डाला गया कि सड़कें इस प्रकार से बनेगी को लोग आराम से घूम सके । हालांकि ऐसा नहीं था कि पाकुर में दो पहिए नहीं थे , वह थे लेकिन बहुत काम संख्या में और तीन पहियों के बीच पीसते रहते थे । अलेश्वर की नींव समानता पे थी , सारे दो पहिया , तीन पहिया , चार पहिया और कन्वर्टिबल सब साथ में रहते थे।

इसके अलावा तीन पहिया भी आकार में बटी हुई थी । करीब 85 प्रतिशत अबू उस्मान के कारखाने में बनती थी । इनमें बीच में 3 आदमी के बैठने की जगह थी और सिर्फ सी एन जी डलवाते थे । 15 प्रतिशत अली फजल के कारखाने में बनती थी जिसमें पीछे भी बैठने कि जगह

थी और यह सी एन जी के साथ केरोसीन भी डलवाते थे ।

बहुत पहले कर्बला घाटी के किसी बात पर यह दोनों अबू उस्मान , और अली फजल भीड़ गए तब से यह लड़ाई चल रही है । दो पहियों का तो गजब बटवारा था , साइकिल एक प्रजाति जिसे निम्न तबका माना जाता था , उससे ऊपर स्कूटी , जो थोड़ा व्यापार का काम करते थे और नौकरी करने वाले लोग थे । स्कूटर चलने वाले पूजा पाठ का का करते थे और सबके घर में शुभ काम करने के लिए बुलाए जाते थे । मोटर साइकिल वाले मजबूत , मार पीट करने में काबिल और मुख्यता दो पहिया समूह की सुरक्षा के लिए जाने जाते थे ।

इतना बँटवारा , इतने प्रकार के बाद भी अलेश्वर में लोग मिलकर रहते थे , पर पूर्वी दिशा से आए कुछ समुद्री लुटेरों ने ऐसी राजनीति खेली कि अलेश्वर में गाड़ियों को आधार पे लोग लड़ने लगे फिर एक दिन पाकुर के जिन्नाह ने लाल चाचा और मोहन जी के सामने ऐसी शर्त रखी कि बटवारा के अलावा कोई चारा नहीं दिखा ।

तब से लेकर अब तक यह गाड़ियों कि लड़ाई चल रहे है । अमन इन्हीं सारी लड़ाइयों के बीच लोगों में सुख चैन फैलाने और अपनी राजनीतिक पकड़ मजबूत करने की कोशिश में लगा था ।

दो पहियों में कई ऐसे लोग थे जो लड़ाई नहीं चाहते थे , और प्यार से रहना पसंद करते थे । अमन ऐसे ही लोगों को अपने समूह में लाना चाहता था ।

इसी उम्मीद में वह शहर के सबसे बड़े कोचिंग संस्थान जा पहुंचा । बड़े बड़े बैनर से सजे और उसमें से कई लड़की और लड़के के झांकते हुए तस्वीर के बीच में हाथ में पेन पकड़े संजीव सर की लंबी बड़ी तस्वीर खड़ी थी । ऐसा लग रहा था मानो भेड़ और गड़ेडिया एक साथ अपनी उपलब्धियों पर मुसकुरा रहे है। अंदर ग्राहक नोट के बदले ज्ञान अर्जन कर रहे थे और बाहर उनकी सवारी , साइकिल एक दूसरे के ऊपर लेटे अपने मालिकों का इंतज़ार कर रही थी ।

काफी लंबे इंतज़ार के बाद , क्लास की घंटी बजी और पॉपकॉर्न की तरह निकलते विद्यार्थी अलग दिशाओं में जाने लगा , अमन भी अपनी उम्मीदों का भगौना लिए सारे तीतर बितर हो रहे लोगों को समेटने लगा

। करीब बीस पच्चीस लोगों को इकट्ठा करने के बाद उसे उतनी ही खुशी हो रही थी जितनी सिनेमा हाल जाने से पहले ठूस ठूस कर भरे हुए पॉपकॉर्न के डब्बे से छलकने का बाद भी बचे हुए पॉपकॉर्न को देख कर होती है ।

चारो तरफ नजर घुमा के देखने के बाद जब अमन को भरोसा हुए की कोई भी स्कूटर या मोटरसाइकल वाला आस पास नहीं है , तब उसने अपनी बात शुरू की ।

आपको सिर्फ हां और ना में अपना जवाब दीजिएगा । मां सरस्वती की पूजा करके आए भक्त इस नारद मुनि के बहकावे में आ गए ।

क्या आप लोग चाहते है कि अलेश्वर में शांतिपूर्ण माहौल हो ?

सभी ने हाँ कहा ।

अमन की उत्सुकता बढ़ी , उसने फिर से पूछा , क्या आप लोग चाहते है कि अलेश्वर के सड़कें अमेरिका जैसी हो जाए ।

सभी ना फिर से हामी दी , उन्होंने भी जिन्होंने अमेरिका की सड़कें देखी भी नहीं थी ।

चलो अच्छी बात है , लगता है मैं सही जगह आया हूं । भाई लोग मेरा नाम अमन है , मैं जानता हूं कि दो पहिया चलाने के बाद भी तुम्हारे अंदर इतनी इंसानियत बची है कि तुम बाकी दो पहिया वालो कि तरह , दूसरे गाड़ियों पर अत्याचार नहीं करते । आज के समाज में जहाँ एक तरफ हम बोलते है कि एकता में ही बल है , यह सच है लेकिन इसका क्षेत्रफल लगातार काम होता जा रहा है । जाने अंजाने में हम सभी ने अपने आस पास एक लकीर खींच दी है , जो हमें इस बात से लगातार अवगत कराती है कि हमें अपनी जैसी आकार कि गाड़ियों के साथ ही रहना है । यह गलत है , बिल्कुल ग़लत । इसका मतलब नफरत फैलाना है । अलेश्वर नफरत के दम पर कभी तरक्की नहीं कर सकता ।

अंदर पैसा लेकर ज्ञान लेने वाले यह भविष्य के कलेक्टर और पुलिस अधिकारी , अमन का मुफ्त का ज्ञान भी नहीं सुन रहे थे ।

उनमें से एक ने पूछा । आपको हमसे क्या चाहिए ।

मैं चाहता हूं कि आप आगामी चुनाव में मुझे चुने ताकि गाड़ियों के आकार पर जो हमारे समाज में बंटवारा है वह खतम हो जाए ।

होटल का खाना कितना भी अच्छा क्यों ना हो , खाने के बाद की बिल अगर उम्मीद से ज्यादा हो तो पूरा स्वाद खत्म हो जाता है ।

अमन की दुआ ने किसी पर कुछ खास असर नहीं किया , सभी धीरे धीरे वहाँ से निकलने लगे । अमन ने भी किसी को रोकने की कोशिश नहीं की ।

उस जाती हुई भीड़ में एक शख़्स को शायद अमन पर यकीन था । वो वहीं रुक कर अमन को देखता रहा है । अमन ने उसपर ध्यान भी नहीं दिया , वह निराशा में डूबा ज़मीन को देख रहा था ।

सुनिए , उस विद्यार्थी ने अमन से कहा ।

जी , अमन के अंदर मानो उम्मीद के अंकुर फूट गए । बोलिए में आपके लिए क्या कर सकता हूं ।

मेरा नाम वैभव है । हम लोग सब जानते है कि कबीर शाह कैसा आदमी है , आखिरी चुनाव में जिस उम्मीदवार ने आपको हराया था वह कबीर शाह के ही परिवार का था , और उससे पहले जो था वह भी । वंश वाद शायद खत्म नहीं हुआ है हमारे देश में । हम अगर आपको वोट दे भी तो आप क्या बदलाव कर सकते है ।

अमन इस सवाल की लिए तैयार था । देखिए मैं मानता हूं कि मैंने राजनीतिक पराजय झेली है , पर में असमर्थ नहीं हूं । पिछले सारे ट्रैफिक प्रमुख ने हमारी आपसी लड़ाई का फायदा उठाया हैं । जब भी किसी काम की जिम्मेदारी उन्हें मिलती तब यह एक ही बात बोलते की तीन पहिए के कारण यह नहीं हो पाया , या फिर दो पहिए की गलती थी और किसी तरह हम अपनी कमाई का जो एक हिस्सा अलेश्वर चलने के लिए देते है , वह इनकी जेब में चल जाता है । इनकी विफलताओं और भड़काऊ राजनीति के कारण आज गाड़ियों के बीच नफरत का माहौल है । अब कोई भी सड़कों के बारे में बात नहीं करता , सब यही बोलते है कि तीन पहिया ग़लत है या दो पहिया।

वैभव एक टक से अमन को देख रहा था मानो अपने मस्तिष्क में सारी बातों को जमा कर रहा था ।

मैं यह वादा करता हूं , की अगर प्रमुख बना तो यह गाड़ी के आकार के हिसाब से को लड़ाई चल रही है उसे बंद करवाऊंगा और सड़क और

ट्रैफिक नियम बेहतर करूंगा ।

वैभव के आंखों में हां नहीं था , पर ना भी नहीं था ।

---***---

सिर्गोधिरा , अलेश्वर के बिल्कुल पश्चिम में एक बंजर सी पड़ी जमीन थी , उपजाऊ ना होने के कारण वह शाम को दुकानें लगती थी और काम काज होता था । इसी जगह भीड़ को नियंत्रण में रखने के लिए एक बड़ा सा पार्किंग स्थल बनाया गया । भले ही यह सभी के लिए था , पर यह सिर्फ दो पहिया वाले ही अपनी गाड़ी लगाते थे । शाम को जैसे जैसे सबका काम खतम होता जाता , वह अपनी अपनी गाड़ी लेकर वहाँ से निकलते । समय के साथ वो जगह सिर्फ दो पहिया गाड़ियों के लिए हो गई , उनके अलावा ना कोई आता था , ना आने दिया जाता था । सुरक्षा के लिए एक गार्ड प्रवेश द्वार में बैठा दिया गया ।

उस दिन शाम के वक़्त धीरे धीरे जब दो पहियों की भीड़ चरम पर थी , प्रवेश द्वार ने जगह खतम का बोर्ड बाहर लगा दिया । अंधेरा चढ़ रहा था और कुछ ही देर में दो पहिया गाड़ियों के निकालने का समय हो रहा था । इसी बीच रहीम अपने कुछ तीन पहिया चलने वाले दोस्तों के साथ एक तार टेढ़ा कर के धीरे से उस पार्किंग में जा घुसा । अंधेरा होने के कारण और बड़ी सावधानी बरतने के कारण उन लोगों को कोई देख ना सका । रहीम और उसके दोस्त अपने हाथ में एक एक बैग लिए एक एक कोने पर जा बैठे । थोड़े देर इंतज़ार करने के बाद जब घड़ी का कांटा छह तक पहुंचा , सभी ने धीरे से अपने बैग से एक पेट्रोल का कनस्तर निकाला । करीब पांच मिनट इसी तरह रहने का बाद सटीक छह बजकर पांच मिनट पर सभी ना अपने अपने डब्बे का ढक्कन खोला और धीरे धीरे पेट्रोल गिराते हुए बाहर आने लगे । सभी कुछ पहले से ही तय था , पार्किंग में जाने का समय , डब्बा खोलने का समय , पेट्रोल डालने का समय , और अब समय था आग लगाने का । जब सब लोग एक एक करके नजर बचाते हुए बाड़ी से बाहर आ गए तब रहीम पूरा लंबा खड़ा हुआ , शायद यह उसके लिए खतरनाक कदम था क्योंकि उसे कोई भी देख सकता था ।पर उसे किसी बात की चिंता नहीं थी । यह बात उसका आन की थी । उसने जेब से माचिस निकली और जला कर उछालते हुए

गाड़ियों के बीच फेंक दिया ।

पेट्रोल और झूठी खबर को फैलने के लिए बस एक चिनगारी कि ही तो जरूरत पड़ती है । कुछ पल में ही आग पूरे पार्किंग में फैल गई ।

प्रवेश द्वार पे बैठा गार्ड घबरा कर इधर उधर मदद को भागने लगा । किसी भले मानस ने अपनी पानी की टंकी को पास ले आया और बाल्टी से जल्दी जल्दी पानी डालने लगा ।

आग की दहक कोचिंग क्लास तक पहुंच चुकी थी , सारे विद्यार्थी , शिक्षक और संस्थान के बाकी कर्मचारी भाग कर नीचे आने लगे । आग की लपट बुरी तरह फैल रही थी । कई दो पहिया गाड़ियों ने आग पकड़ ली । दमकल बुलाया गया पर उसके आने में कुछ समय लगता , तब तक बहुत नुकसान हो जाता । अफरा तफरी के इस माहौल में कबीर शाह भी पहुंच गए , गाड़ियों को अपने सामने जलते हुए देख कर भी उनकी राजनीतिक बुद्धि ने काम करना बंद नहीं किया ।उन्होंने तुरन्त आदेश दिया , आस पास के सभी लोग को सूचित कर दो , यह आग अपने आप नहीं लगी है , जो जिम्मेदार है वह ज्यादा दूर नहीं गया होगा ।

रहीम और उसके साथी तब तक निकल चुके थे और सड़क की और बढ़ रहे थे । आग रोकने की कोशिश में जुटे हुए प्रवेश द्वार में बैठे गार्ड ने उन लोगों को देख लिए । बाकी लोग को तो वो नहीं जानता था पर उसने रहीम को पहचान लिया ।

5

यह बहुत बड़ी बात है कबीर जी , वहाँ खड़े गार्ड ने साफ साफ रहीम को देखा है । अब और क्या चाहिए । पूरा दो पहिया समाज आपके साथ खड़ा है , चलिए सब साथ में चलते है और तीन पहिया वालो को घर से निकाल निकाल कर मारते है । रामप्रसाद का खून खौल रहा था , वह रोहित और महेश के साथ कबीर शाह के घर पर पूरे मामले में चर्चा कर रहा था ।

कबीर ने कहा है "अति का भला न बोलना, अति की भली न चुप, अति का भला न बरसना, अति की भली न धूप।" अर्थात न तो अधिक बोलना अच्छा है, न ही जरूरत से ज्यादा चुप रहना ही ठीक है. जैसे बहुत अधिक वर्षा भी अच्छी नहीं और बहुत अधिक धूप भी अच्छी नहीं है. कबीर शाह से अच्छा यह बात कौन जानता था , तीन पहियों की लापरवाही भरी हरकत ने कबीर शाह कि राजनीतिक मशाल में घी का काम किया था । बगैर चेहरे पे कोई हाव भाव लाए उसने कहा , अब क्या करना है यह मुझे छोर दो । यह हादसा तीन पहियों की बरबादी लाएगा । तुम लोग उस सिर्गोंधा में मंच की इंतजाम करो और घोषणा कर दो की कबीर शाह वहाँ के लोगों को संबोधित करने शाम को आयेंगे । ध्यान रखना जीतने ज्यादा लोग उतना अच्छा । अपने मीडिया के लोगों को भी बुलाना , अब सारी बात टीवी पर होगी ।

यह कह कर कबीर ने सभी को जाने बोला । जंग का मैदान तैयार हो गया था , अब बस गोटिया लगानी थी और पाँसा फेंकना था । महेश ने बाहर निकलते हुए बोला कबीर साहब ने नुकसान के बारे में कुछ नहीं पूछा , इतनी गाडियां जल गई उस पर कुछ नहीं बोला कुछ तो नुकसान

भरपाई देनी चाहिए ।

इसलिए तो उन्होंने शाम का कार्यक्रम रखा है , सब वहीं बोलेंगे सब्र रखो बस , रामप्रसाद ने कबीर के बचाव में कहा ।

---***---

रहीम और उसके दोस्त अपने कुकर्म से बहुत खुश थे और रहीम के घर में गोश्त और बिरयानी खाकर जश्न मना रहे थे । दुनिया चाहे जो भी समझे उनके हिसाब से तो यह बहुत बहादुरी का काम था । हमारा यह करना इतिहास में दर्ज होगा , रहीम ने ऊंची आवाज़ में अपने दोस्तों से कहा । अब हम लोग कानून की नज़रों में मुजरिम है पर अपने आका के नजर में सिपाही । शायद हम पर कानूनी कारवाई भी होगी पर अगर आज़ादी चाहिए तो शहादत तो देनी होगी । मैंने सुना है की अगर सर पर कफन बांध कर आज़ादी कि लड़ाई लड़े तो हमें मौत के बाद भी एक खूबसूरत ज़िन्दगी मिलेगी , जिसमें 72 हूरे होगी , लज़ीज़ खाने होंगे और ढेर सारे गहने जेवरात होंगे ।

रहीम की बेबुनियाद और जहिलियत से भरी हुई बात से वहाँ मौजूद महामूर्ख लोग खुशी से पागल हो रहे थे । मौत के बाद की ज़िन्दगी की चाह में जो ज़िन्दगी वह जी रहे थे उसे ही बर्बाद करने के लिए तैयार , इंसानियत के चेहरे पे कलंक , यह सारे जाहिल अलेश्वर में काफी समय से तीन पहिया चला रहे थे और उम्र में 18 - 19 साल के थे ।

कहा जाता है इस उम्र के नौजवान पानी कि तरह होते है और जहाँ जगह मिलती है वहाँ बहते जाते है । अब अगर कोई सही दिशा दे दे तो अच्छा वरना गलत दिशा देने के लिए तो रहीम जैसे बहुत लोग है

मैंने सुना है को वहाँ किसी ने मुझे देख लिया है । पर मुझे इस बात की चिंता नहीं है जिसे जो समझना है समझे । मैं तो सीना चौड़ा कर के खड़ा हूं पकड़ने की औकात है तो पकड़ो । यह लोग हम तीन पहियों को कमजोर समझते है , हमारे गाड़ी चलाने के रास्ते पर रोक लगाते है , अब हम इन्हें इनकी औकात बताते है । यह साले दो पहिया वाले 80 प्रतिशत है , हम बस 16 प्रतिशत , एक घंटा के लिए कानून और पुलिस हटा दो , फिर देखते है कौन किसपर भारी है ।

कहते है एक बच्चा और जानवर सिर्फ चिल्लाते है या अलग अलग आवाज़ निकालते है , क्योंकि यह बोल कर अपनी बात नहीं समझा सकते । अब अगर एक पढ़ा लिखा साफ साफ बोलने वाला इंसान चिल्ला रहा है , तो इसका मतलब यह की वह समझा नहीं रहा है , भड़का रहा है । भड़काने के साथ एक बहुत बड़ी बात जुड़ी होती है , एक बार जो इंसान किसी से भड़क जाए फिर वहाँ तथ्य और जानकारी की जरूरत खत्म हो जाती है सिर्फ नफरत रहती है ।

---***---

तीन पहियों के इस खौफनाक हरकत से अमन के डूबते नाव में एक और छेद हो चुका था । उधर रहीम ने भी नफरत से भरी बात बोलकर माहौल और खराब कर दिया था । तीन पहिए वाले वैसे ही बदनाम थे , अब तो वह और भी ज्यादा नफरत के भागी हो गए थे । अमन अपनी राजनीतिक सफर को बचाने की कोशिश में लगा था ।

अचानक से उसे दो साल पहले अलेश्वर की धरती पर हुए सबसे ज़बरदस्त बात याद आ गई ।

करीब दो साल पहले अलेश्वर के अपनी सुरक्षा को बढ़ाने के लिए और पाकुर के तरफ से आने वाले दुश्मनों से अपने बचाव के लिए एक बहुत बड़े रॉकेट बनाने की योजना बनाई । अलेश्वर के सारे लोग जमा हुए , अपनी अपनी बात रखी और कई तरीके बताए । पहली बार हर तरह कि गाड़ी चलाने वाले लोग एक साथ कोई काम करने के लिए जुटे । जहां तीन चार आदमी साथ में चैन से काम नहीं कर पाते , 40 - 50 लोग जुड़ते तो बवाल ही होता । बवाल हुआ भी , कोई भाग गया , किसी ना गाली बक दी तो कोई तलवार ले आया । एक समय तो लगा की रॉकेट अलेश्वर के अंदर ही ना फट जाए ।

जब सारी उम्मीद खत्म हो रही थी , तब अब्दुल भाई उम्मीद की कारण बन कर आए । अब्दुल भाई के सम्बन्ध तीन पहिया वालो से थे पर वह अपनी सादगी और अपने ज्ञान के कारण पूरे अलेश्वर में मशहूर थे । चाहे अपने बच्चों को गणित पढ़ना हो , या फिर भौतिकी या रसायन शास्त्र , अलेश्वर के सारे गाड़ी वाले अब्दुल भाई के यहाँ आते थे ।

अब्दुल भाई रॉकेट बनाने का काम करने के लिए तैयार थे , उनकी बस एक शर्त थी । जब तक रॉकेट नहीं बन जाता तब तक अलेश्वर में गाड़ियों के आकार को लेकर कोई भी झगड़ा नहीं होगा । और अगर ऐसा हुआ तो फिर वह अपना काम तुरंत बंद कर देंगे ।

सभी लोग इस बात से तैयार थे । दो पहिया और तीन पहिया वाले तो एक दूसरे का चेहरा भी नहीं देखना चाहते थे , पर पाकुर एक बहुत बड़ी समस्या थी और रॉकेट जरूरी था । सभी ने अपने अहम और नफरत को एक पोटली में बांधा और फेंक दिया । कुछ ही समय के लिए सही अलेश्वर में खुशी और सुख फैल गया । अब्दुल भाई ने भी मौके का भरपूर फायदा उठाया और तीन महीने में बनने वाला रॉकेट 1 साल में तैयार किया । ऐसा नहीं कि अलेश्वर में कोई भी झगड़ा नहीं हुआ , झगड़ा हुआ पर किसी को राजनीतिक आग नहीं मिली , वो कहते है ना कि मैच में रेफरी नहीं हो तो नियम तो टूटते है पर मैच जल्दी खतम हो जाता है । अलेश्वर में उन दिनों ऐसे ही कुछ हो रहा था ।

आखिर रॉकेट बन कर तैयार हुआ , लोग खुशी से पागल हो गए ।अब पाकुर सर नहीं उठा सकता था , अलेश्वर मजबूत प्रदेश हो गया था , और सबसे बड़ी बात अहम की पोटली की गाठ खोली जा सकती थी ।

इसी समय को याद करते हुए अमन ने अब्दुल भाई की मदद लेनी चाही । बात सीधा चुनाव से शुरू करना ठीक नहीं रहता इसलिए अमन ने बस इधर उधर की बात से शुरुआत की ।

कैसे हो अमन , बड़े दिनों बाद

कुछ नहीं अब्दुल भाई , बस ऐसे ही , आपकी याद आ रही थी ।

तो फिर फोन क्यों किया सीधे मिलने आ जाते ।

जी मैंने सोचा पहले देख लूं आप यह है कि नहीं ।

अरे इस उम्र में अब कहा जाऊंगा । यही जीना है यही मारना है । तुम बताओ तुम्हारी नेता गिरी कैसी चल रही है , मैंने सुना चुनाव आने वाला है ।

अब जब अब्दुल ने बात छेर दी थी तब वह पीछे नहीं हट सकता।

इसी सिलसिले में फोन किया अब्दुल भाई । अलेश्वर की गाड़ियों के बीच की लड़ाई आपसे तो छुपी नहीं है , इतनी कोशिश करने के बाद भी

लोग अपना से दुश्मनों की तरह भीड़ जाते है । आने वाले चुनाव में भी में यही सोच रहा था कि सड़क सुधार के लिए कुछ करूं और गाड़ियों के बीच समझौता कराऊं जबकि कबीर शाह सिर्फ दो पहियों को बाकी गाड़ियों खासकर तीन पहियों के प्रति भड़कता रहता है । मैं चाहता हूं कि आपका थोड़ा आशीर्वाद मिले तो में अपनी बात जानता के बीच ले जा सकूं।

अब्दुल पूरा मामला समझ गए थे । आप बहुत अच्छा प्रयास कर रहे है और मेरा पूरा समर्थन भी है आपको पर मेरे जैसा पढ़ाई लिखाई में उलझे हुए इंसान तो राजनीति से दूर रखिए ।

अब्दुल की बात से अमन को जोरदार धक्का पहुंचा । बात आपकी सही है अब्दुल जी , पर हालात ठीक नहीं है , यह जो गाड़ियों के बीच नफरत कि आग लगी है , कहीं एक दिन आपका दरवाज़ा ना ठकठका दे । बस आप ही लोगों के भरोसे ही तो अलेश्वर टीका है ।

अब्दुल भाई बहुत सीधे इंसान थे , और किसी भी पचड़े से दूर रहते थे , पर अमन की बात से उन्हें अपनी जिम्मेदारी का एहसास हुए ।उन्होंने कहा

ठीक है , में आपका साथ दूंगा , पर में सिर्फ एक बार आपके साथ भाषण में आ सकता हूं बस , मुझसे बार बार उम्मीद नहीं रखियेगा ।

अमन ने खुशी खुशी इस बात को स्वीकार किया ।

मेरी एक शर्त भी है , चूंकि कल तीन पहियों ने हो किया वह बहुत संगीन जुर्म है , इसलिए मेरा आपसे अनुरोध है कि जल्द से जल्द सारे अपराधी समर्पण कर दे और सारे तीन पहिया चलने वाले अलेश्वर की जनता से माफी मांगे ।

अब्दुल भाई की बात सही थी । रहीम की हरकत के कारण सारे तीन पहिया वाले बदनाम हो रहे थे और यह बात अब्दुल को सबसे ज्यादा चुभ रही थी ।

अमन ने परिस्थिति को समझा और अब्दुल भाई की शर्त को मंजूर किया ।

6

कबीर शाह अपनी टोली के साथ सिरगोध्रा पहुंचा ।भाड़े की जीप से बाहर सर निकाल कर जब कबीर ने लोगों को प्रणाम किया तो गड़गड़ा कर ताली बजने लगी । एक तो माहौल नाज़ुक , ऊपर से ताम झाम से सजी कबीर शाह कि गाड़ी और उनका मंच और सबसे बड़ी बात रामप्रसाद का किया हुआ बिरयानी का वादा । तालियां तो बजनी ही थी । उन तालियों को स्वीकारता हुए कबीर अपने मंच के तरफ बढ़ा , मानो ट्रैफिक प्रमुख की शपथ लेने जा रहा हो ।

मंच पर पहुंच , माईक को हिला डुला कर देखने के बाद कबीर ना भीड़ को देख एक मुस्कान दी और अपने हाथों को ऊपर उठा कर पूरी जोर से बोला , आप सभी को मेरा प्रणाम ।

यह देर से आने के लिए माफी । पर क्या करूं एक तो काम बहुत ज्यादा है और सड़क पर इतने ज्यादा तीन पहिए है कि इंसान गाड़ी चलाते तो चलाए कहा ।

इस बात कर ताली बजने के लिए तो भीड़ को बिरयानी की भी जरूरत नहीं थी । लोगों ने उत्साह देख कर कबीर कि भी हिम्मत बढ़ी । उसने अपनी बात जारी रखी ।

मैं जानता हूं आप लोग परेशान है ।में यह भी जानता हूं कि आप क्यों परेशान है बस में यह नहीं जान पाए रहा हूं कि आप परेशानी सह क्यों रहे है । अरे हम दो पहिए वाले किसी से कम है क्या । 80 प्रतिशत है हमलोग , 80 प्रतिशत। पेशाब भी कर दे तो यह तीन पहिए वाले बह जाएंगे ।

कबीर अपनी मधुर भाषा के कारण पूरे अलेश्वर में मशहूर था ।

अच्छे आप बताए पहले दो पहिए आए की तीन पहिए ।

भीड़ ने जोर से चिल्ला कर बोला , दो पहिए ।

सही कहा , तो उस हिसाब से हम तो तीन पहिए के बाप हुए । अब तीन पहिए अपने बाप को आंख दिखाएंगे तो बाप चुप बैठेगा क्या ।

कबीर कड़वी बोली और नफरत फैलानी वाली राजनीति का गुरु थे । बाप वाली बात से तो उसने पूरी भीड़ में जोश का दिया था । हालांकि ऊपर वाले का शुक्र है कि कबीर को डायनासोर के बारे में नहीं पता , वरना डायनासोर इंसानों से इतने पहले आये है की उसे स्वीकार करना पड़ता है डायनासोर सबका बाप है ।

कबीर ने अपनी बात आगे बढ़ते हुए बोला , की आपको यह मौका दिया जा रहा है कि आप बता दे कौन बाप है कौन बेटा। 2 महीने में चुनाव है , मेरे सामने इन तीन पहिया की जय जयकार करने वाला एक भ्रष्ट इंसान खड़ा हो रहा है , पर में जानता हूं कि आपके प्यार के सामने मुझे किसी से डरने कि जरूरत नहीं है । तो मित्रों आखिरी बार एक बात बता दीजिए । चुनाव कितने महीने बाद आ रहा है

2 , पूरी भीड़ ने जोर लगा कर कहा

अलेश्वर किसका प्रदेश है 2 पहियों का , या तीन पहियों का

2 पहियों का , भीड़ ने फिर से आवाज़ दी

बस भाइयों और बहनों जब तक आपका साथ है हमें इन टिलांगो से कोई खतरा नहीं है , यह हमारा कुछ नहीं बिगाड़ सकते ।

जय अलेश्वर ,

कबीर शाह ने अपनी बात खतम की और वहा से निकाल चला । अलेश्वर की भीड़ भी बिरयानी की ओर बढ़ चली ।

रहीम और बाकी तीन पहिए चलने वाले लोग बाबरगंज और उसके आस पास वाले इलाके में रहते थे । 3000 स्क्वेयर फीट में फैला एक छोटा सा मोहल्ला जहां शहरों के हिसाब से 50-60 से ज्यादा लोग नहीं रहते , रहीम 280 आदमियों के साथ रहता था। पानी की दिक्कत शौचालय की दिक्कत , बिजली की समस्या और तीन पहियों की खुद की बनाई हुई ढेर सारी समस्या ।

अमन ने अपनी गाड़ी दूर ही लगा दी और सवेरे सवेरे माथे पे लगे तिलक को पोंछता हुए बाबरगंज में घुसा। बकरी और इंसान कैसे साथ में रह सकते है , यह बाबरगंज में देखा जा सकता था । कछुए के कवच की तरह सड़क और जहाँ तहा फेंके हुए कचड़े से खुद को बचाता हुआ अमन एक हैंडपंप के पास पहुंचा । बबरगंज का यह हैंडपंप बिल्कुल बीचोबीच पड़ता था और यह से सर बाबरगंज पूरा देखा जा सकता था ।अमन इससे पहले किसी को रहीम के लिए पूछ पाता , एक बूढ़े से आदमी ने उसे पीछे से टोकते हुए पूछा । "क्या ढूंढ रहे हो बेटे " ।

एक दोस्त को ढूंढ रहा हूं चाचा । आपको मालूम है रहीम कहा रहता है ।

चाचा ने अपना हाथ सर पर रखा और कहा। कैसी बात कर रहे हो बेताब। बाबरगंज में रहकर अगर मुझे रहीम के बारे में ना पता हो यह मेरे लिए बहुत शर्म की बात होगी ।चलो मैं तुम्हें उसके कमरे तक ले चलता हूं। दाएँ हाथ में झोला टाँगे , अपने प्लास्टिक के चश्मे को ठीक करके चाचा अमन को लेते हुए एक गली की ओर बढ़े । कड़ी धूप में तपती बाबरगंज की जमीन पे एक बेहद पुरानी चमड़े की चप्पल पहने चाचा अपनी बूढ़ी टांगो और एक पेड़ के टहनी को छड़ी की तरह इस्तेमाल करते हुए रहीम के कमरे की ओर बढ़े।

ना जाने कैसी कोई इतनी समानांतर गलियों में फर्क कर पाता होगा । इस प्रकार से कोई कैसे रह सकता है । ऐसे घरों में तो बीमारी झांकते रहती है । आस पास कोई अस्पताल भी नहीं । शायद इन तीन पहियों के भीतर घुले जहर का कारण यही रहन सहन है । यही सब सोचते हुए , धूप के बीच आंखें मीचते हुए अमन चाचा के पीछे चला जा रहा था।

लो बेटा वह लाल दरवाज़ा रहीम का है । चाचा ने रहीम के घर की और इशारा करते हुए कहा । अभी उसके सोने का समय है । रात भर अपनी तीन पहिया पर सवारियों को इधर उधर घुमाने के बाद वह इतना थक जाता है कि आधा दिन सोते हुए ही निकाल जाता है ।

जी वह तो है ही । वैसे गाड़ी चलाने के अलावा भी रहीम साहब बहुत काम करते है । अमन ने ताना कसते हुए कहा ।

चाचा अमन की बात पर बगैर ध्यान दिए हुए कहा । दरवाज़ा सोच समझ कर ठकठकाना ,सोते हुए आदमी को अचानक से जगा दिया है तो उसका शरीर तो जाग जाता है पर इंसानियत नहीं जागती । ऐसा इंसान किसी जानवर से कम नहीं होता । बाकी आपकी मर्जी ।

चाचा अमन को आगाह करते हुए अपने कमरे की ओर बढ़ चले ।

रहीम के बारे में अमन जानता तो था ही , कुछ दिन पहले हरकत भी देख चुका था । फिर भी मिलना तो जरूरी था ही रहीम से ।उसने बड़ी हिम्मत करके रहीम के दरवाजे को ठक ठकाया ।

दो तीन बार दरवाज़ा ठोंकने के बाद भी जब दरवाज़ा नहीं खुला , तब अमन वहाँ से जाने लगा ।

जब तक अमन वहाँ से निकलता , पीछे से आवाज़ आई , सलाम वालेकुम अमन भाई साहब । यह आवाज़ रहीम की थी । माफ कीजियेगा में गुसलखाने में था । अंदर आ जाए ।

अमन रहीम के पीछे पीछे कमरे में घुसा। बिल्कुल जेल की तरह दिखने वाले रहीम के कमरे में सिर्फ एक कुर्सी और एक पलंग थी , जिसपर ढेर सारे कपड़े पड़े हुए था । अमन कुर्सी पर बैठ गया और रहीम एक उलटी पड़ी हुई सिलेंडर पर ।

बोलिए साहब कैसे आना हुआ ।

तुम जानते हो में यहाँ क्यों आया हूं । जिस नफरत को हम खतम करने की कोशिश में लगे है उसे तुमने और आग दे दी । अब अगर कोई तुम्हें कुछ गलत बोलेंगे तो फिर बुरा लगेगा ।

मुझे कोई कुछ भी बोले बुरा नहीं लगेगा अमन जी । रहीम ने गंभीरता से कहा । मैंने जो किया वह एक संगीन जुर्म है और उसकी जो सजा मुझे मिलेगी मंजूर है । पर ध्यान रहे यह गलती रहीम ने को है , तीन पहिया ने नहीं । मेरी और मेरे जैसे तीन पहिया चलाने वालो कि तरफ से सिर्फ एक मुराद है , अगर गलती एक खास इंसान की है तो उसे सजा दी जाए सारे तीन पहियों को नहीं । अगर कल आप कोई गलत काम करते है तो हम यह कहेंगे की अमन ने यह गलती कि , यह तो नहीं कहेंगे की एक दो पहिया चलने वाले ने गलती कि । आप बताए इसमें गाड़ी की क्या गलती है ।

पर बदनाम तो सारे तीन पहिए होंगे , अमन ने रहीम की बात काटते हुए कहा ।

क्यों बदनाम होंगे । क्या सारे तीन पहियों वाले की गलती है । अमन जी आज आप भी उन समाचार वालो कि तरह बात कर रहे है जो रहीम और महेश की लड़ाई को दो पहिए और तीन पहिए की लड़ाई बोलते है । कृपा आप ऐसे मत सोचिए । अगर आपको लगता है कि इससे तीन पहिए बदनाम होंगे , तो आप सबको समझाए कि इंसान सिर्फ गाड़ी चलाता है , वह खुद गाड़ी नहीं होता है । उस इंसान की गलती सिर्फ उसकी होती है गाड़ी की नहीं ।

शायद पहली बार किसी ने अमन को तर्क में हराया था ।

रहीम की बात सही थी और अमन को पहले से पता भी थी । पर उसे अपनी राजनीतिक दाल भी गलानी थी । उसने अपने शब्दों को सही से जोड़ के बोला , देखो रहीम मैं तुमसे वाद विवाद प्रतियोगिता करने नहीं आया हूं , और मैं यह भी जानता हूं कि तुम्हारी बात शत प्रतिशत सही है । पर जैसा तुमने बोला कि गलती तुम्हारी है , तो ठीक है में चाहूंगा कि तुम अपने दोस्तों के साथ मिलकर ट्रैफिक विभाग के सामने जा कर माफी मांगो और अपना गुनाह कबूल करो ।

अगर आप चाहते है कि मैं आत्मसमर्पण कर दूँ तो मैं तैयार हूं पर में अपने दोस्तों को साथ में नहीं ले चलूंगा , उन्हें मैंने भड़काया है , उनकी कोई गलती नहीं ।

कानून यह बकवास नहीं सुनेगा , जिसने गलती कि है उससे सजा मिलेगी । अमन ने अपना पक्ष मजबूती से रखते हुए कहा ।

भाड़ में गया कानून , अमन बाबू , अगर आप चाहते है कि मामला सुलझ जाए तो आपको सिर्फ मुझसे काम चलाना पड़ेगा , मेरे साथियों को भूल जाए ।

अमन के पास रहीम को बात मानने के अलावा और कोई चारा नहीं था ।

ठीक है , अगर यही तुम्हारी जिद है तो मै क्या बोल सकता हूं । कल तुम ट्रैफिक विभाग के जा कर आत्म समर्पण कर दो और अपना गुनाह कबूल कर लो ।

मेरी भी एक शर्त है अमन बाबू । रहीम इतनी आसानी से समर्पण करने वाला नहीं था । अगर तीन पहिए पे कोई भी अत्याचार हुआ तो यह घटना दुबारा घट सकती है ।

नहीं होगा वादा है मेरा । अमन रहीम के समर्पण के लिए कुछ भी बोल सकता था । आश्वासन दे कर अमन वहाँ से निकाल गया । रहीम का आत्मसमर्पण तीन पहिए के द्वारा किए हुए अपराध को ठीक तो नहीं कर सकता था पर एक मरहम की तरह काम तो कर ही सकता था।

7

अब्दुल भाई जल्दी से तैयार हो कर अमन की सभा के लिए निकालने ही वाले थे । अपने सामान समेटकर जैसे ही वह अपनी दो पहिया स्कूटर स्टार्ट करने के लिए बढ़े , उन्हें कबीर शाह अपने सामने से आता हुआ दिखा । गड्ढा रास्ते पर हो तो बचा जा सकता है , पर गड्ढा खुद चल कर आपके पास आ रहे हो तो इंसान क्या करें । अब्दुल भाई सज्जन पुरुष थे , उन्होंने हाथ जोड़कर कबीर को प्रणाम किया ।

अरे हमें प्रणाम करने की जरूरत नहीं अब्दुल जी । हम तो आपके कारण ही यह टिके है ।

सभी अपने कारण यह टिके है कबीर जी , मैंने क्या किया है ।

अरे महान इंसान की यही तो खासियत है अपनी खूबी नहीं समझता ।

अब्दुल भाई ने मुसकुराते हुए कहा , अच्छा छोड़िए महान इंसान । आप कैसे आए बताए ।

मैं क्या बोलूँ अब्दुल जी , कबीर ने अपने नेतागिरी भरी भाषा में बोला । मेरी तो बस इतनी फरियाद है कि आपकी महानता बरकरार रहे ।

मुझे महान बनने की बिल्कुल शौक नहीं है , पर अगर मुझसे कुछ भूल हुई है तो मैं बिल्कुल जानना चाहूंगा ।

भूल हुई नहीं अब्दुल जी , होने वाली है । आप जहाँ जा रहे है , वहाँ के लोगों ने कितना घिनौना काम किया है आप अंदाज भी नहीं कर सकते है ।

मुझे सब मालूम है कबीर , पर वह अपने गुनाह के लिए शर्मिन्दा है ,और अगर भूला घर वापस आ जाए तो उसे भूला नहीं कहते ।

शर्मिन्दा होने से क्या होगा अब्दुल जी , यह अच्छा है , पाप कर दो फिर शर्मिन्दा हो जाओ । यह कोई पहली बार तो नहीं है कि इन तीन पहियों ने ऐसा किया है । आप तो अच्छे से जानते है इन लोगों को । एक तरफ आप है जिनकी परवरिश तीन पहिया चलाने वालो ने को , पर फिर भी आपने मेहनत और लगन से इतनी तरक्की की । बताए अगर आप किसी का घर या गाड़ी जला देते तो कोई आपकी इतनी इज्जत करता ।

देखो कबीर , मेरा वहाँ जाना मेरा निजी फैसला है , आपकी बात सही है , पर मेरी यह जिम्मेदारी है कि मैं तीन पहियों के बारे में को गलत सोच फैली हुई है इससे खतम करो । वैसे भी मेरा जोर यह अच्छी सड़कें बनाना है और अच्छी व्यवस्था बनाना है , गाड़ियों के बीच क्या झगड़ा चला रहा है इससे मेरा कोई वास्ता नहीं ।

सिर्फ ऐसा बोलने से कुछ नहीं होगा अब्दुल जी , आपका वास्ता तो तीन पहियों से काफी पुराना है । आप चाहे तो इनके हरकत ठीक हो सकते है । पर अगर आप अमन की तरफ से बात करेंगे तो इनको और हिम्मत मिलेगी और यह और भी बिगड़ते जायेंगे ।

अब्दुल साहब की सहन शक्ति अब ख़त्म हो चुकी थी । कबीर , उन्होंने चिल्लाते हुए कहा । मैं तुम लोगों की तरह नहीं हूं , मुझे अपने तरफ मत घसीटो , मैं अमन का साथ देने नहीं जा रहा , मैं जानता हूं कि उसकी बात सही है , मैं जानता हूं कि अलेशवर की सड़कें निम्न स्तर की है , अगर मेरे कुछ बोलने पर अमन चुनाव जीत जाता है और अलेशवर की सड़कें ठीक कर देता है तो उससे अच्छी बात और क्या हो सकता है ।

आपको क्यों ऐसा लगता है कि मैं अलेशवर की सड़कें ठीक नहीं कर पाऊंगा ।

जवाब तुम्हारे पास ही है कबीर , कभी दो पहिया और तीन से ऊपर उठ कर देखो , अलेशवर में कई ऐसी समस्याएं है जिनको हम सभी के ध्यान की जरूरत है । कबीर की ओर देखते हुए अब्दुल भाई अपने स्कूटर से वहाँ से निकल पड़े ।

---***---

अब्दुल भाई के स्वागत के लिए जोरदार भीड़ लगी थी । पूरा माहौल सज गया था । अमन कई घण्टे पहले ही वहां पहुँच कर सारी व्यवस्था को संभालने की कोशिश कर रहा था ।

इस पूरी सभा का दिखावटी मकसद अलेश्वर की सड़को की खराब व्यवस्था के बारे में बात करना था , राजनीतिक मकसद तीन पहियों के प्रति अत्याचार के बारे में लोगों को बताना था और निजी मकसद अपनी लोकप्रियता बढ़ाना था . अमन अगर अपने सारे पत्ते सही फेंकता तो यह तीनों काम आराम से हो जाते पर कोई भी राजनीतिक कार्य ट्रैफिक में गाड़ी चलाने की तरह होता है जहां दुर्घटना आपकी गलती से कम और सामने वाले की खतरनाक ड्राइविंग से होती है , और आज सामने ड्राइविंग करने वाला इंसान कबीर शाह था .

खैर अब्दुल भाई थोड़ी देर में सभा में पहुंचे .पार्किंग में जमी हुई तीन पहियों को देख उनकी समझ पक्की हो गयी थी की इस सभा का मकसद राजनीतिक था . पर उन्होंने पूरी कोशिश की अमन के प्लान को नजरंदाज करे और इस बात पर ध्यान दे की कैसे लोगों का ध्यान इस बात पर खींचा जाये की अलेश्वर कि सड़कें कैसे सुधार की जाये . ऐसा नहीं था की पार्किंग में सिर्फ तीन पहिया गाडी थी , वहां दो पहिया गाड़ी भी थी , पर न जाने किस डर से सभी दो पहिया वालो नौ अपनी गाड़ी सभा के बाहर लगायी थी .

सभा के एक और बड़े से स्टेज पर धीरे धीरे चढ़ते हुए अब्दुल भाई यही सोच रहे थे की मशीनों को संभालना इंसानों को संभालने से ज्यादा आसान है .

निर्देश अनुसार वह स्टेज पर रखी कुर्सी पर जा बैठे .

अमन तेजी से दौड़ता हुआ स्टेज पर पहुंचा . चारों ओर उम्मीद भरी भीड़ देखकर उसका मनोबल और बढ़ चला . अब्दुल भाई को बुलाने का उसका मकसद लगभग पूरा होता दिख रहा था .एक लम्बी सास खींचकर अमन ने माइक हाथ में लेकर बोला , भाइयों औए बहनों ,आप सभी को अमन मलिक का प्रणाम . आज हम यहाँ इक्कठित हुए है क्योंकि हम सबका मकसद एक है , तीन पहियों पर होने वाले अत्याचार को रोकना . अमन की बोली हुए पहली तीर उसकी राजनीतिक मंशा को भेदने के

लिए कमान छोड़ चुकी थी , और लोगों की प्रतिक्रिया देख कर लग रहा था की वह निशाने पर भी लग गयी है .जनता कब्ज़े में थी अब जनार्दन को प्रभावित करना था .अब्दुल भाई की तरफ देखते हुए अमन बोला , अब्दुल भाई किसी भी परिचय के मोहताज नहीं है .एक ऐसा कर्म योद्धा जिसने हमारे अलेश्वर की रक्षा के लिए एक ज़बरदस्त आविष्कार किया और हमें राकेट भेंट की . आज पाकुर हमसे आँख नहीं मिला पाता , उसकी वजह अब्दुल भाई का बनाया हुआ राकेट है .हम सब जानते है की अब्दुल भाई हम में से एक है . इनका जन्म एक ऐसे परिवार में हुआ जो तीन पहिया चलती थी और आज जिस तरह से तीन पहिया चलाने वालों के साथ बर्ताव होता है उससे देख कर लगता है की यह अलेश्वर के दुश्मन है . क्या अब्दुल भाई की देशभक्ति में किसी को संदेह है ?

नेतागिरी की एक नीति है , ऐसा सवाल पूछो जिसका जवाब एक ही मिले और जिसमें विवाद नहीं हो , और एक नीति यह है जब कोई तुमसे सवाल पूछे तो हर बार अलग जवाब दो , इस तरह की सारे जवाब सही लगे .

अमन के सवाल का सबके पास सिर्फ एक ही जवाब था " नहीं"

एक धीमी सी मुस्कान के साथ अमन ने कहा , अब मैं आप सबकी आज्ञा चाहूँगा अब्दुल भाई को बुलाने का .कृपा कर माइक संभालिये , मंच आपका है .अमन ने अब्दुल भाई को देखते हुए बोला .

अब्दुल भाई ने निमंत्रण स्वीकारते हुए माइक को संभाला और कहा .

मैं यहाँ तीन पहियों के ऊपर होने वाले अत्याचार के ऊपर बात करने नहीं आया हूँ . अगर आप की या फिर अमन ऐसा सोच कर यहाँ आये है तो मैं पहले ही कह दूं की आप सब निराश होने जा रहे है .

जिस भाषण की शुरुआत अमन ने अपनी तारीफ से होने की उम्मीद रखी थी , उस की ऐसी शुरुआत होने पर उसकी आँखें खुली , मूह बंद और दिल हिचकोले खाने लगा . उसे लगा की वह तुरंत माइक पकड़ कर खींच ले और अब्दुल भाई को वापस सीट में बैठा ले पर इससे अब्दुल भाई की बात सच हो जाती .

वह बैठा रहा और अपने कब्र खुदने का इंतज़ार करता रहा .

मेरे यहाँ होने का मकसद अलेश्वर की असली समस्या के बारे में सबको बताना है . मैं जानता हूँ इस दो पहिये और तीन पहियों के बीच के झगड़े के कारण हम सभी का ध्यान असली मुद्दों से हट जाता है . क्या खराब सड़क हमारी समस्या नहीं है ? क्या जहाँ तहां खुदे हुए गड्ढे हमारी समस्या नहीं है ? अगर है तो हम सबको एक होकर इनसे निपटना है . चाहे दो पहिया वाले हो , चाहे तीन पहिया वाले हो या फिर कोई भी हो सड़को का इस्तेमाल तो सबको करना है . तो फिर यह गाड़ियों के बीच झगड़ा कैसा ?

आज मैं यहाँ आप सबको यह बताने आया हूँ की अलेश्वर में ट्रैफिक प्रमुख के लिए चुनाव होने वाला है . मुझे सचमुच ऐसा लगता है के अमन मलिक की सोच मुझसे मिलती है और उनका ट्रैफिक प्रमुख बनना अलेश्वर की सड़को की खुशकिस्मती होगी .

खाना कितनी भी फीका हो , अगर आखिर में मीठी खीर मिल जाये तो पूरा अनुभव अच्छा हो जाता है . अमन भी अब्दुल भाई की आख़िरी बात सुनकर प्रफुल्लित हो उठा . मकसद तो चुनाव जितना ही था . वह अपने सीट पर से उठा और जोर जोर से ताली बजाने लगा . अब्दुल भाई जिंदा बाद , अब्दुल भाई जिंदाबाद . दरअसल वह अपने लिए ताली बजा रहा था . अपनी जीत की खुशबू उससे अभी से आ रही थी .अमन मलिक को देख मंच के नीचे बैठे श्रोता भी ताली बजाने लगे .

इन्हीं तालियों की गडगडाहट के बीच एक आदमी स्टेज पर चढ़ा और अमन की कानों में बोला .बात इतनी भयावह थी की अमन का शरीर ठंडा पर गया .

8

तीन दिन पहले

ट्रैफिक विभाग से निकलने के बाद अमन अब्दुल भाई से मिलने जा रहा था यह बात कबीर को पता चल गयी थी . अलेश्वर में अब्दुल उन कुछ इंसानों में से था जिन्हें सिर्फ अपने कर्मों से पहचाना जाता था . किसी को फर्क नहीं पड़ता था की वह तीन पहिया वाले के परिवार से है . अब्दुल का अमन के साथ खड़ा होना कबीर के राजनीतिक मंसूबों पर पानी फेर सकता था .इसी सिलसिले में वह रामप्रसाद के घर पहुँच कर अपनी राजनीति की आगे की योजना कर रहा था .

देर बहुत हो गयी है रामप्रसाद अब मुझे अपने घर निकलना चाहिए कबीर ने बिस्कुट का आखिरी टुकड़ा उठाते हुए बोला

देर हुई नहीं है पर हो जाएगी अगर आप हमारी बात नहीं माने तो . राजनीति का दूसरा नाम ही फूट डालना है . आप हमारी थोड़ी सी बात मान लीजिये , यकीन मानिए पाँसा पलट जायेगा .

नहीं रामप्रसाद इससे अलेश्वर की शान्तिः भंग हो जाएगी . और मुझे सिर्फ शांति भंग होने की चिंता नहीं है , अगर मेरा नाम फस गया तो यह एक राजनीतिक आत्महत्या होगी .

राजनीति में आत्महत्या हो ही नहीं सकती कबीर बाबु , सिर्फ प्रयोग होते है , सफल हुए तो काम तुरंत बन जायेगा और असफल हुए तो थोड़ी देर में , पर राजनीति में आगे बढ़ने के लिए लोकप्रिय होने जरूरी है और लोकप्रिय होने के लिए ऐसे खतरे उठाना मजबूरी .

कबीर रामप्रसाद के आँख में अपने चुनाव जीतने की उम्मीद देख रहा था . एक लम्बी सांस खींच कर उसने बोला , मैं प्रत्यक्ष रूप से तुम्हारे साथ नहीं रह सकता इसलिये मैं वहाँ नहीं रहूँगा . मैं अब्दुल भाई को अमन का साथ देने से रोकता हूँ , तुम लोग तब तक अपना काम शुरू करो . सारी जली हुई दो पहिया कल्याण के पास रखी हुई है . एक एक कर उन सब को उठाओ , किसी ट्रेक्टर में डालो और उन सभी गलियों से घुमाव जहाँ दो पहिया वाले रहते है . देखते है तुम्हारी यह कोशिश मेरा राजनीतिक सफ़र कितना आसान करती है .

45 , 46 , 47 ... और देखो और भी है क्या , महेश कल्याण के घर के पास खली पड़े मैदान से जली हुई दो पहिया निकलते हुए पूछा .

हो तो गया 47 गाड़ी कम है क्या .कल्याण ने पसीना पोंछते हुए बोला .

जो हमारा मकसद है उस हिसाब से कम ही है . रामप्रसाद एक 2 पहिये की सीट उखाड़ते हुए बोला . जितनी विकृत २ पहियों की स्थिति उतना ज्यादा असर . हमें संवेदना नहीं पैदा करना है , नफरत पैदा करना है .

तीन ट्रेक्टर भर चुके है , और क्या चाहिए .

तीन पुरे नहीं भरे , थोड़ी जगह बाकी है . रामप्रसाद ट्रेक्टर के ऊपर चढ़ दो पहियों को देखते हुए बोला .महेश एक काम करो , तीन पुरानी दो पहिया उठाओ और उन्हें अछे से जला दो , फिर इस ट्रेक्टर में दाल दो .

आप बोल रहे है की हम जानबूझकर जली हुई दो पहिया डालेंगे . कल्याण ने मामले को समझते हुए बोला।

उन्होंने भी तो जानबूझ कर जलाई है , कौन सी अनजाने में जली है . यह जो झाँकी हम निकलने जा रहे है , उसकी कहानी उन तिलंगो ने लिखी है .हम तो सिर्फ लोगों को दिखा रहे है .

सारी तैयारी करके रामप्रसाद ट्रेक्टर को उन मोहल्लों में ले जाने लगा जहाँ दो पहिया चलने वाले ज्यादा आबादी में रहते है ।

.महेश पीछे ट्रेक्टर में खड़ा चिल्लाता रहा , देखो इन तिलंगो की करामात यह २ पहिये नहीं है यह लाश पड़ी है हमारे सवारियों की , हमारे विश्वास की . अगर आज हम नहीं जागे तो यह लाशें बढती जाएगी .आज

पचास है कल सौ होगी . क्या हम सब नपुंसक की तरह इन लाशों को देखते जायेंगे .क्या हम कुछ नहीं बोलेंगे . अरे लानत है हम पर की यह देख कर भी हमारा खून नहीं खौला. डूब कर मर जान चाहिए हमें अगर हमें अभी भी लगता है की तीन पहिये वाले अच्छे इंसान है . अब तो जागो अब तो सच देखो और क्या चाहिए , गाड़ियाँ जल गयी , कल हमारे घर जलेंगे . तब भी ताली बजाते रहोगे क्या .

प्यार की खेती में जहां मेहनत लगती है , पानी और सूर्य प्रकाश का ध्यान रखना पड़ता है , तब बहुत समय के बाद प्यार का पौधा खिलता है .

नफरत की खेती में बस थोड़ा भड़काऊ खाद और अहंकार का रसायन दाल दो , बस देखो नफरत का पौधा कितनी जल्दी खिलखिलाने लगता है

राजनीतिक उद्देश्य से किये हुए तमाशे को उसी गली से गुजरता हुआ एक तीन पहिया चलने वाला समझ गया .उसने अपनी गाड़ी ट्रैक्टर के बिलकुल सामने लगते हुए बोला . क्या रामप्रसाद भाई , क्या चाहते हो यह जो जली हुई दो पहियाँ है यह देख कर भी तुम्हारा मन नहीं भरा . और नुक़सान चाहते हो क्या ?

तीन पहिया वाले अत्याचार नहीं सहेंगे , जब जब हमारा अपमान होगा गाड़िया जलेगी .ट्रैक्टर के सामने खड़े तीन पहिया वाले ने कहा ।

इस तीन पहिया चालक ने बिलकुल वह बात कर दी जो रामप्रसाद सुनना चाहता था .

आस पास भड़कते लोगों को देखकर रामप्रसाद ने कानून अपने हाथ में लेना ठीक न समझा . उसने बस अपने बगल में खड़े दो पहिया चलाने वालो से कहा . हो गया मेरी बात का यकीन . देख लो इनकी मानसिकता , प्यार मुहब्बत से तो इनका दूर दूर तक वास्ता नहीं है . अब यह तिलंगे सिखायेंगे हमें कैसे रहना है .

तिलंगा शब्द सुनकर वह तीन पहिया वाला अपने क्रोध को रोक न सका , और एक झटके में ट्रैक्टर के ऊपर जा चढ़ा .

रामप्रसाद का गिरेबान पकड़कर उसने जैसे ही उसे गिराने की कोशिश को . महेश लपककर वहाँ जा पहुंचा .और उसने ना ही सिर्फ

रामप्रसाद को छुड़वा लिया बल्कि उस तीन पहिये वाले को ट्रैक्टर से नीचे भी गिरा दिया .

फिर क्या भीड़ गुस्से में पहले से थी . अपराधी कदमों के सामने पड़ा था . सौ की भीड़ में वह अकेला तीन पहिया वाला था . लोगों ने मौके और कमजोर कानून व्यवस्था का पूरा फायदा उठाया और उस तीन पहिया वाले पे टूट पड़े . दो तीन सौ लात पड़ने पर वह बेहोश हो गया . खून से सने उस तीन पहिया वाले पर किसी को भी दया नहीं आई . लोग उसे वही छोड़ के आगे निकल गए .

अलेश्वर एक छोटी सी जगह थी. ऐसी खबर फैलने में समय थोड़े न लगता . उसी दिन रात को कुछ तीन पहिया वालो ने एक गुट बनाया और दो पहिये के मोहल्ले में जाकर रामप्रसाद का घर जला दिया .रामप्रसाद तो घर पे नहीं था . पर इस आग ने रामप्रसाद के पुरे परिवार को ख़त्म कर दिया . माहौल बहुत ख़राब हो गया था . अगले दिन सवेरे अब्दुल भाई का भाषण था . और उसी दिन रामप्रसाद अपने दोस्तों के साथ तीन पहियों के मोहल्ले में जा पहुंचा . जहाँ तीन पहिये वाले , उसके इंतज़ार में खड़े थे . थोड़ी ही देर में मार पीट शुरू हो गई . जिन लोगों को इस बात से कोई मतलब नहीं था वह भी भीड़ में कूद गए .

खून खराबा होने लगा , स्थिति को देखते हुए यह खबर अमन मलिक तक पहुंचा गयी ...

अगर गलती दो पहियों वाले की है तो काम आसान हो जायेगा , और अगर तीन पहियों वाले की तो काम मुश्किल . तुष्टिकरण की नींव पे जमे अपनी राजनीति का ख्याल करते और जन मानव के नुकसान से बेपरवाह अमन मलिक बहुत उम्मीद से घटना स्थल पहुंचा .कानून के ठेकेदारों के समय से न पहुँचने के पुरानी आदत के कारण काफी खून बह चुका था . दोष प्रत्यारोप के खेल भी शुरू हो चूका था और अमन मलिक के राजनीति को चुनौती देने वाला दूसरे दल का मुखिया वहाँ पहुँच चूका था .

जात देख ली तुमने अमन मलिक . अब भी यह तिलंगे तुम्हें प्यारे है ?

जबान संभलकर कबीर शाह जो जिम्मेवार है उसको सजा मिलेगी , और यह एक आदमी का काम नहीं था .दो पहिया वाले भी उतनी ही जिम्मेदार है .

अरे शर्म करो अमन मलिक , दो पहिया चलाने के बाद भी ऐसी बात कर रहे हो , आने वाली नसलें गाली देगी तुमको , बोलेगी कोई अपना ही था जो अपनापन निभा नहीं सका .

हमारी गाड़ी हमारी सवारी है कबीर शाह , हम खुद नहीं . हमारी की हुई गलती की सजा गाड़ी को क्यूँ .

क्या यह महज एक इत्तफाक है की सारी परेशानी की जड़ , आग लगाना , खून खराबा करना , तीन पहिया चलने वालो की ही काम है .अरे आप लोगों को मालूम है , यह तीन पहिया वाले अपनी गाड़ी में पेट्रोल या डीजल नहीं डालते , यह सी एन जी डालते है . जी हाँ वही सी एन जी जिसका इस्तेमाल हम ख़ाना बनाने में करते है .इतनी पवित्र चीज़ जो हमारे लिए माँ अन्नपूर्णा है उसे वह ईंधन की तरह इस्तेमाल करते है . क्या आप सबको यह बर्दाश्त होता है . कबीर शाह भड़काऊ भाषण देने में निपुण था

अमन मलिक की कोई औकात ही नहीं थी उसके सामने .आस पास खड़े सभी दो पहिया वालो का खून खुल गया .

अमन मलिक और थोड़ी देर वह रहता तो बात बिगड़ जाती ,

पुरे मामले को समझने दो मुझे फिर कानून तय करेगा कौन सही और कौन गलत .

समय धीरे धीरे निकलने लगा . इस हंगामे में कई लोग सामने आये कई लोगों को जेल हुई , पर सबसे बड़ी सजा हुई रहीम को . फांसी की . उससे इस पुरे मामले का असली गुनाहगार बताया गया . जो बात सही भी थी . पुरे सिर्गोधरा को उसने जला दिया था . करीब पचास दो पहिया के जलने का इकलौता जिम्मेवार वही था .इसका सीधा मुनाफा कबीर शाह को मिला , वही अमन मलिक तुष्टिकरण की राजनीति में विफल हुआ . दो पहियों का सहयोग तो उससे कभी नहीं था . कई पढ़े लिखे तीन पहिया वाले भी समझ गए थे की अमन मलिक क्या कर रहा .रहीम जिस इलाके में रहता था वह तो अमन मलिक अब जा भी नहीं सकता

था .लोगों में खबर थी अमन मलिक ने ही रहीम को फँसवाया है .

इन सब बात में यह भी ध्यान देने वाली बात थी की अलेश्वर की सड़कें अभी भी जस की तस थी. क्योंकि लोगो का पूरा ध्यान दो पहिया तीन पहिया की लड़ाई पर था .

9

जब लड़ाई झगड़ा थोड़ा शांत हुआ तभी एक दिन एक मोटर साईकिल वाला अपनी गाड़ी चलता हुआ जा रहा था की अचानक एक बड़े से गड्ढे के बीच में आ जाने के करण उसकी मोटर साइकिल गिर गयी .जोर से कराहता हुआ इंसान अपने मदद के लिए चिल्लाने लगा . कई लोग उधर से गुजरे , पर किसी को ऑफिस पहुँचने में देर हो रही थी , तो किसी को इन सब लफड़ों में नहीं पड़ना था . की इससे अपनी जिम्मेवारी नहीं समझ रहा था , तो कोई खड़ा होकर इसका विडियो बना रहा था .किसी के नज़र में यह ख़राब सड़क का नतीजा था तो किसी के नज़र में ख़राब ड्राइविंग का . सड़क के दूसरे और पीटर अपनी कनवर्टिबल गाड़ी लेकर चल रहा था .उसने जैसे ही लोगों की भीड़ देखी और उसमें चीखने चिल्लाने की आवाज़ सुनी वह समझ गया माहौल कुछ गड़बड़ है .

अलेश्वर की पहले से ही संकरी गली में उसने अपनी कनवर्टिबल फसाई और मदद करने आ पहुंचा . अब तक मदद न मिलने के कारण प्रकाश जिसने हाल फिलहाल में ही नयी दो पहिया खरीदी थी , किसी तरह खुद को उठाने लगा . तभी उसके पास पीटर का हाथ आया . पीटर ने एक झटके से उसे खींचा और दीवार के अड़े लगा दिया .पूरी जोर से उसने प्रकाश का दो पहिया भी उठा लिया . अपने किसी साथी की मदद से पीटर ने दो पहिया अपने कारख़ाने मंगवा लिया और प्रकाश को लेकर अस्पताल की और बढ़ चला .

शाम का वक़्त हो चला था . अस्पताल में बिजली की समस्या के कारण लालटेन की जरूरत पड़ती है . पीटर ने न सिर्फ प्रकाश के लिए

बल्कि वहाँ पड़े और भी मरीजों की समस्या का ध्यान रखते हुए पाँच लालटेन खरीद ली .पट्टी और मरहम लगने के नाद प्रकाश थोड़ी ठीक स्थिति में था .

कैसे हो पीटर ने बड़े ही सेवा भाव से प्रकाश से पूछा .

ठीक हूँ भाई , आज आप न होते तो मैं मर ही जाता शायद .

अरे नहीं हमें तो मौका चाहिए पुण्य कमाने का . पीटर हस्ते हुए बोला .

गाड़ी कैसी है ? प्रकाश चिंतित स्वर में बोला .

तुमसे ज्यादा बुरी हालत में है . उसका भी इलाज चल रहा है .मेरी समझ से अच्छा ख़ासा खर्चा लगेगा . नयी थी क्या .

बिलकुल नयी भाई . दो ही दिन पहले खरीदी थी . अभी तो हाथ भी नहीं जमा था गाड़ी पर. और अचानक से यह दुर्घटना हो गयी .घर वाले सुनेंगे तो पता नहीं क्या होगा

घबराओ मत . वैसे गलती सिर्फ तुम्हारी नहीं है . अलेश्वर में सड़को में दुर्घटना बहुत आम बात है . सड़कें ही ऐसी है यहाँ . दो पहिया मैं तो पता नहीं लोग कैसे संतुलन बना लेते है . मैं तो कनवर्टिबल ही चला सकता हूँ , दो पहिया तो कभी भी नहीं चलेगा मेरे से .

प्रकाश अब तक पीटर के बारे में नहीं जानता था , नाम भी नहीं . जैसे ही कनवर्टिबल के बारे में पता चला वह थोड़े देर के लिए भौचक्का रहा गया . उसे किसी दूसरे गाड़ी चलाने वाले ने बचाया है . दो पहिया के बहार की बिरादरी वाले ने . उसकी छोटी मानसिकता आज झटका खा कर रह गयी . कुछ गलत तो नहीं हो गया मेरे से . यह सोचकर प्रकाश पछताने लगा . खैर उसके पास ज्यादा विकल्प नहीं थे . पीटर ने अस्पताल का बिल भर दिया था . पीटर का बहुत क़र्ज़ था प्रकाश पर धन के रूप में भी और एहसान के रूप में भी .

समय निकलता गया , अलेश्वर की सड़कें खराब होती गयी , अमन मलिक की इज्ज़त और महत्व भी घटती गयी ,दो पहियों और तीन पहियों के बीच लड़ाई चलती रही , सिर्गोधरा काण्ड के मुजरिमों पर करवाई चलती गयी , कबीर शाह की राजनीति उम्मीद चमकती गयी

और प्रकाश की घाव की पट्टी कम होते होते आखिर ख़त्म हो गयी

धन का बोझ चुकाने कुछ पैसे लेकर और एहसान का बोझ चुकाने एक मिठाई का डब्बा लेकर प्रकाश अपनी टूटी फूटी दो पहिया लेकर पीटर के घर पहुंचा . पीटर के घर का गेराज उसके पुरे घर से ज्यादा बड़ा था . प्रकाश की गाड़ी के ठुके हुए साइलेंसर से निकले बेहुदे आवाज़ से परेशान होकर पीटर जैसे ही पीछे मुड़ा उसे एहसान तले दबा प्रकाश अपनी और आता हुआ दिखा .

पट्टी लगाने वाला पट्टी भूल जाता है पर उस इंसान को नहीं भूलता जिसकी उसने पट्टी लगायी है . कुछ अच्छा करने का घमंड भी एक अलग ही ख़ुशी देती है .

पीटर अपने सारे काम छोड़ कर प्रकाश के पास जा पहुंचा .

प्रकाश ने पीटर से हाथ मिलाया और मिठाई की डब्बी हाथ में दे दी . यह बच्चों के लिए

अरे बियर लाते तो और मज़ा आता . पीटर हस्ते हुए बोला .और बताओ कैसे हो . दर्द कैसा है अब .

बिलकुल ठीक , सारे पट्टी निकल गए है , बस कंधे के पास थोड़ा अंदरूनी दर्द है , कुछ दिन में ठीक हो जायेगा .

हम कनवर्टिबल के खिलाफ भी कुछ अंदरूनी दर्द है क्या ?

नहीं आप ऐसा क्यूँ बोल रहे है .

जब तुम्हें पहले बार बाते था की मैं कनवर्टिबल गाड़ी चलाता हूँ , तो तुम्हारे चेहरे का हाव भाव कुछ और ही था .इससे पहले प्रकाश अपनी सफाई में कुछ बोलता , पीटर ने कहा कोई बात नहीं , हम कनवर्टिबल वालों को इसकी आदत है .

नहीं पीटर भाई , ऐसा नहीं है . बस हमेशा दो पहियों चलाने वालो के बीच रहा हूँ इस लिए थोड़ा घबरा गया था .

चलो ठीक है , पीटर ने उठ कर प्रकाश की दो पहिये के तरफ देखा और कहा . तुम्हारे घाव ठीक हो गए पर इसकी हालत तो अभी भी कुछ ख़ासा ठीक नहीं हुई है .क्या सोचा है इसके बारे में ?

क्या बोलूँ भाई , कुछ समझ नहीं आ रहा है , इसका आगे का चक्का भी कुछ टेढ़ा जैसा हो गया है , गाड़ी बहुत टेढ़ा मेढ़ा चलती है .संतुलन

नहीं रहा इसमें , डर लगता है , कभी फिर से दुर्घटना ना हो जाये ।

अरे शुभ शुभ बोलो , अभी तो ठीक हुए हो .पीटर ने गाड़ी को परखते हुए बोला ।

एक उपाय है अगर मानोंगे तो . गाड़ी भी ठीक हो जाएगी और संतुलन भी बना रहेगा .

बोलिए भाई , जो आप बोले

इसके बग़ल में एक सीट लगा लो , एक छोटे से पहिये के साथ .

आपका मतलब जैसी आपकी गाड़ी है , कनवर्टिबल जैसी .

हाँ बिलकुल वैसी .

क्या यह संभव है .

हाँ , क्यूँ नहीं , थोड़ा बहुत लोहा गलाना है , एक सीट बनानी है , नीचे चक्का लगाना है और तुम्हारी खुद की कनवर्टिबल गाड़ी तैयार .

प्रकाश को यह बात पसंद आय . एक तो गाड़ी सही हो जाएगी दूसरा संतुलन बना रहेगा , और तीसरी सबसे मज़ेदार बात एक अतिरिक्त सीट मिल जाएगी .

पर मेरी गाड़ी की खूबसूरती चली जाएगी इससे . प्रकाश ने अपनी चिंता व्यक्त की .

कुछ खूबसूरती नहीं जाएगी , वैसे भी गाड़ी चलाने वाले से खूबसूरत होती है , गाड़ी के आकार से नहीं .

थोड़ा बहुत सोच विचार कर के प्रकाश बोला , अछे ठीक है जैसे आप सही समझे .

एक संतुष्टि भरी मुस्कान के साथ , पीटर ने प्रकाश की दो पहिया में अपने काम शुरू कर दिया .

काम अभी आधा ही हुआ था की पता नहीं प्रकाश के अन्दर कौन सी भावना आ गयी उसने कहा , पीटर भाई कुछ गड़बड़ तो नहीं होगी ना ?

क्या गड़बड़ , क्या कहना चाहते हो साफ़ साफ़ कहो ?

मेरा परिवार में सिर्फ दो पहिया चलता है , मैं भी दो पहिया चलाने वालो की बिरादरी से हूँ , इस बदलाव के बाद मैं कनवर्टिबल वाली बिरादरी में चला जाऊंगा , क्या यह सही होगा ?

देखो भाई आधा काम हो गया है , पहली बात तो मेरा नुकसान हो जायेगा और दूसरी बात मैं तुम्हारी गाड़ी बदल रहा हूँ तुम्हें नहीं .अगर इसे जोड़ा जा सकता है , तो निकाला भी जा सकता है . जब मर्जी होगी तो बता देना , और मुझे नहीं लगता कोई तुम्हारी गाड़ी भीतर घुस के देखेगा की पहले तुम क्या चलाते थे , अब क्या चलाते हो . जब सड़क पे गिरे थे तो किसी को फर्क नहीं पड़ा अब क्या पड़ेगा .

10

५ साल पहले .

अब्दुल भाई और कितनी देर .अलेश्वर के प्रमुख अमरनाथ जी ने अब्दुल भाई से पूछा .

बस अमरनाथ जी , सारे काम हो गए , कुछ आखिरी तकनीकी काम फिर से देख रहा हूँ , बड़ा परीक्षण है कुछ भी गड़बड़ नहीं होना चाहिए .

सब आपके वजह से हुआ अब्दुल भाई , अगर कल यह राकेट परीक्षण सफल हुआ है तो अलेश्वर पे आँख उठाने वालो को करारा तमाचा लगेगा खासकर पाकुर को .

जी बिलकुल . अब्दुल भाई ने आँखें चुराते हुए कहा .

लगता है आपको मेरी बात पसंद नहीं आई .

जी नहीं ऐसी बात नहीं है , राकेट परीक्षण बहुत बड़ी बात है ,

अलेश्वर के लिए भी और मेरे लिए भी . मैं उन कुछ तीन पहिया चलने वालो में से हूँ जिन्होंने बटवारे के समय पाकुर जाना ठीक नहीं समझा और .अलेश्वर को ही अपना देश माना .इसी मिट्टी में जिए है इसी मिट्टी में मिल जायेंगे . पर अब भी हममें से कई तीन पहिया चलाने वालो को अपनी वतन परस्ती साबित करनी पड़ती है .और हमें पाकुर से जोड़ा जाता है .पता नहीं पाकुर अब भी हमारे लिए क्यूँ मायने रखता है . हम राकेट बना रहे है अपनी सुरक्षा के लिए , पाकुर को कैसा लगेगा , दूसरे देशो को कैसा लगेगा क्या फर्क पड़ता है .ऐसी बातें तो बचपना जैसा लगाती है.

अमरनाथ मामला समझ गया . आप सही बोल रहे हो अब्दुल भाई , यह अच्छी बात नहीं है .न जाने क्यूँ हम अपनी सारी सफलताओं की पाकुर से तुलना करते है ,जैसे वही हमारा मापदंड हो .हमें अपनी और ध्यान देना चाहिए .दरअसल यह एक राजनीतिक तकनीक है . सारी सरकारों ने यह इस्तेमाल किया है अपनी विफलताओं के लिए पाकुर की विफलताओं को दिखाना . तो क्या हुआ हम गरीब है , पाकुर हमसे भी ज्यादा गरीब है . तो क्या हुआ हमारे यहाँ भुखमरी है , देखो पाकुर के यहाँ हमसे भी बुरा हाल है .

जी अमरनाथ साहब . हम सबने आपको चुना है क्योंकि हमें लगता है की आप अलेश्वर में बदलाव लाएंगे . आप इन दो पहियों और तीन पहिये की घिनौनी राजनीति से ऊपर उठ कर काम करेंगे और पाकुर पर कम अलेश्वर पर ज्यादा ध्यान रखेंगे .

बिलकुल रखूँगा अब्दुल भाई . अमरनाथ ने यह कह कर अब्दुल भाई को गले लगा लिया .

आज का दिन

अपने हाथ में राकेट परीक्षण के दिन की तस्वीर लिए अब्दुल भाई अमरनाथ जी को देख रो रहे थे .अमरनाथ जी का सपना अब तक पूरा न हो सका था . अलेश्वर आज भी दो और तीन

पहियों की लड़ाई में फसा हुआ था .सिर्गोधरा की घटना और फिर उसके बाद हुए दंगों ने इस उम्मीद को भी ध्वस्त कर दिया था . अब्दुल भाई को यह भी समझ आ गया था की अमन मलिक ने उनका राजनीतिक इस्तेमाल किया है .

न जाने अलेश्वर की सड़कें कब ठीक होगी और कौन इसे ठीक करेगा . यह सोचते हुए अब्दुल अपने कमरे की और बढ़ ही रहे थे की उनके फ़ोन की घंटी बजी . यह अमन का फ़ोन था .उन्होंने उठाना ठीक न समझा . फ़ोन काटने के बाद अमन का मेसेज आया . मैं जानता हूँ की आप मुझसे बात नहीं करना चाहता है . मेरा यकीन मानिये मैं आपका कोई इस्तेमाल नहीं करना चाहता हूँ , पर यह जरूरी है की अलेश्वर के सड़कें ठीक हो और उसके लिए इन गाड़ीयों की लड़ाई पे विराम लग्न जरूरी है . चुनाव की तारीख तय हो गयी है . अगले महीने की बारह तारीख . हमारे पास पूरे

पैंतीस दिन है . आपसे अनुरोध करता हूँ की अगर आप खुद से ही , बिना मुझे शामिल किये या फिर किसी और नेता का नाम लिया अगर अलेश्वर में अमन और शान्तिः का पैगाम भेज सकते है तो मैं यही समझूंगा की अलेश्वर को बेहतर बनाए की मेरी पहल में आप मेरे साथ है .

पहले की समय चिट्ठी में आये सन्देश और आज के समय मोबाइल में आये मेसेज में एक बहुत बड़ा अंतर था . सन्देश मिटाने के लिए चिट्ठी के टुकड़े टुकड़े करने पड़ते थे , फिर उन टुकडो को समेत कर कचरे की पेटी में डालना पड़ता था . और आज के समय बस एक बटन दबाना था मेसेज गायब .

अब्दुल भाई ने बिलकुल वही किया .

प्रकाश ने अपनी गाड़ी अमन मलिक के घर के भीतर लगा के एक संतोष भरी नज़र से अपनी गाड़ी को देखा .

चिंता मत करो अमन भाई के यहाँ राखी गाड़ी अपने घर में रखी हुई गाड़ी के बराबर है . बिल्कुल सुरक्षित .पीटर ने प्रकाश को हिम्मत देते हुए बोला .

बिलकुल सही बात पीटर भाई .यह तुम्हारा ही घर है , जब चाहो तब आ जाना . नेता के फायदे का काम हो और जीभ से शहद न टपके ऐसे हुआ भला कभी , अमन मलिक को चुनाव से पहले अपने समर्थकों की भीड़ जुटानी थी . एक भी वोट कैसे जाने देता . प्रकाश अपनी दो पहिया जो अब कनवर्टिबल बन चुकी थी अमन मलिक के यहाँ लगा कर अपने घर निकल गया .

अच्छा काम चल रहा है तुम्हारा पीटर . कनवर्टिबल की फौज बढ़ रही है .

नहीं अमन साहब , आप कैसी बात कह रहे है , यह तो बस में मदद कर रहा था .

अरे नेता सामने वाले की सास में छोड़ी हुई हवा की गर्मी से अन्दर का आभास कर लेता है .मुझे बनाने की कोशिश मत करो जितना लोहा तुमने खर्च किया है उससे तो दो पहिया की संतुलन वैसी ही ठीक की जा सकती है . कनवर्टिबल बनाने की क्या जरूरत थी .

पीटर झेंप गया .

नियत खतरनाक है , नतीजा खतरनाक हो तो और मज़ा आ जाये .
क्यूँ ? अमन ने पूछा

मैं समझा नहीं .

अगर प्रकाश का इस्तेमाल कर के हम और लोगों की भीड़ जमा कर
ले जो अपनी दो पहिया को कनवर्टिबल बनाना चाह रहे हो तो कैसा रहेगा
.

बहुत अच्छा रहेगा , पर कैसे . प्रकाश जब यह चलाएगा तो उसे
आराम तो लगेगा ही , साथ ही तुम भी उसे बोलना की धंधे में मदद करें .

अभी तक तो उसने ही अपने पैसे नहीं दिए .

कोई नहीं मैं दे दूँगा . तुम बस इतना बोलना की तुम्हारी फीस माफ़,
पर शर्त यह है अपने दोस्तों को भी बोलो कनवर्टिबल करवाने के लिए .
प्रलोभन के लिए हेलमेट भी देना शुरू करो

ख्याल तो अच्छा है अमन बाबु , पर एक बात समझ नहीं आई . मैं
तो चाहता हूँ की लोग अपनी दो पहिया कनवर्टिबल करा ले , उससे मेरे
पास पैसे आयेंगे , नए ग्राहक बनेंगे.समाज में भी कंवर्टिबल की संख्या
बढ़ेगी . आपका क्या फायदा होगा ?

पूरी बात तो नहीं समझा पाउँगा पर यह जान लो राजनीती कंचे के
खेल जैसी है , जहाँ एक कंचा की इस्तेमाल दूसरे कंचे को मरने के लिए
किया जाता है , और दूसरे का इस्तेमाल तीसरे को . अंत में जिसके पास
सबसे ज्यादा कंचे जीत उसकी .

हम्म . तो इसका मतलब इंसान कंचे है और एक इंसान की मदद से
दूसरे इंसान को भी अपने तरफ कर लेना . पीटर ने बात समझते हुए पूछा
.

पर पहले इंसान को समझायेंगे कैसे की वह दूसरे इंसान को भी हमारे
तरफ कर ले .

यही बात तो नहीं समझा पाउँगा .अमन ने मुसकुराते हुए बोला .

अमन की राजनीतिक मंशा अब लोगों से छुपी नहीं थी .

बारह जुलाई को विराट नगर , चौदह जुलाई को अवध विहार , सत्रह
जुलाई दक्षिण अलेश्वर और बीस जुलाई बबर्गंज़ . कबीर शाह ने चुनाव
की तिथि देखते हुआ कहा

तीन तो हमें जीतना ही होगा , महेश अपनी टूटी हुई कलाई को हिलाता हुआ बोला

इसलिये तुम्हारी कलाई टूटी , और मैं बच के निकल गया . बाबरगंज की अकेले की आबादी बाकी तीन राज्यों के लगभग बराबर है , अगर सिर्फ बाबर गंज जीत गए तो खेल अपना .

सही कहा . कबीर शाह ने रामप्रसाद का साथ देते हुए बोला . विराट नगर हमारा गढ़ है , दो पहिया की आबादी के कारण वहाँ हमें कोई छु भी नहीं सकता .दक्षिण में गाड़ीयों की राजनीति ज्यादा नहीं चलती इसलिये कुछ ख़ास नहीं हो पायेगा . अवध बिहार अमन मलिक का इलाका है और वहाँ तीन पहिया भी काफी रहते है , थोड़ी समस्या हो सकती है . सबसे जरूरी है बाबर गंज वहाँ तीन पहिया और दो पहिया बराबर है . वह अगर हम जीत गए तो जीत पक्की .

कुल 208 सीटो पे चुनाव होने है विरत नगर – 39 , अवध विहार 37 , दक्षिण अलेश्वर 40 और बाबरगंज 92

विराट नगर से 35 पकड़ लो , अवध विहार से मुश्किल से 10 , और दक्षिण से भी मुश्किल से 10

कुल हुए 55 और जितने के लिए चाहिए 105 . मतलब यह बबर्गंज से कमसे कम 50 सीट तो चाहिए ही चाहिए ।

कबीर शाह ने मिनटों में पूरी चुनावी गणना साफ़ कर दी .

अलेश्वर में चुनाव की प्रक्रिया थोड़ी अलग थी . हर सीट पर अलग उम्मीदवार नहीं खड़ा होता था . प्रमुख दो उम्मीदवार के ही नाम पर हर सीटो पे वोटिंग होती थी . इस साल वह दो उम्मीदवार अमन मलिक और कबीर शाह थे . मुकाबला कड़क था और इस बार सिर्गोधिरा की घटना के कारण हर बार की तरह चुनाव गाड़ीयों के नाम पर ही होना था .

अमन भी अपने सड़क सुधार के मुद्दे से दूर हो उठा था . और कबीर शाह के लिए तो सड़क की व्यवस्था कभी मुद्दा थी ही नहीं .

चुनाव का बिगुल बजने के बाद दोनों नेता ने अपनी लकीरे खींचना शुरू कर दी .विराट नगर और अवध विहार तो बराबर बँट चूका था . दक्षिण अलेश्वर में न अमन मलिक की चलती थी न कबीर शाह की . यहाँ के समझदार लोग नेतागिरी पर काम और अपने आप पर ज्यादा

भरोसा करते थे . यही कारण है की अलेश्वर की सबसे बेहतर सड़कें दक्षिण अलेश्वर की थी

इनका नतीजा हमेशा चौंकाने वाला होता था . यही कारण है की कबीर शाह और अमन मलिक दोनों ने अपने झोली में दक्षिण अलेश्वर के नामे पर सिर्फ 10 सीटे ही डाले है . वह दोनों जानते है की अगर इससे ज्यादा सीटे आये तो अच्छा वरना समय ठीक नहीं रहा तो इतने भी नहीं आएंगे .

जंग का असली मैदान तो बाबरगंज था .दोनों के पलड़े भारी थे . गरमगरम सियासत , दो पहिये और तीन पहिये के बीच लड़ा जाने वाला सबसे बड़ा युद्ध का मैदान . यहाँ तो आरपार की लड़ाई होने वाली थी . यहाँ की लड़ाई जो जीतेगा अलेश्वर का वर वही बनेगा .

कबीर जहां दो पहियों के भीड़ मजबूत कर रहा था .उधर अमन मलिक दो पहियों से मिल जुल तो रहा ही था , बाकी तीन पहिया , कनवर्टिबल और चार पहिया को भी अपने तरफ लेने की कोशिश कर रहा था . पीटर की मदद से उसने अब तक बीस दो पहियों को कनवर्टिबल में बदलवा लिया था .उनका वोट तो अमन मलिक को आना ही था .इन्हीं कनवर्टिबल गाडियों में से एक जो अभी अभी दो पहिया से कनवर्टिबल बनी है , एक दिन पेट्रोल भरवाने पेट्रोल पंप पहुंची .उसके घुसते हुई वह खड़े आदमी ने कहा , भय्या आपकी गाडी में सी एन जी जायेगा पेट्रोल नहीं .

अरे नहीं भय्या , यह बगल वाली सीट हमने बाद में लगवाई है . यह पहले से कनवर्टिबल नहीं थी , पहले तो दो पहिया थी बाद में हमने कनवर्टिबल करायी .

अलेश्वर में रहने वाले लोगो के लिया यह एक नयी बात थी . पूरा अलेश्वर जहां गाडियों के आधार पर बँटा हुआ था वहाँ कोई अपनी गाडी बदल ले यह बहुत बड़ी बात थी .पेट्रोल पंप पर खड़ा हुआँ वह इंसान धीरे धीरे पेट्रोल भरने लगा .कनवर्टिबल के जाने के बाद उसने अपने दोस्त से जाकर इस पूरी घटना की जानकारी दी .

बस फिर क्या आग लगाने के लिए चिंगारी ही काफी है , यह तो पूरी जलती हुई माचिस थी .यह बात अपने साथ मसाले लपेटे हुए कबीर शाह

के कानों तक कुछ इस प्रकार पहुंची .

अमन मलिक चुनाव जितने के लिए दो पहिया वालो को लालच देकर उनका जबरन गाड़ी परिवर्तन करवा रहा है .कबीर के चुनावी मंशा को एक जोर का झटका लगा , थोड़े देर के लिए उसके सामने पूरे अलेश्वर के गाडियों की संख्या घूमने लगी .जिस दो पहियों के दम पर वह अपनी साख मज़बूत करने में लगा था वह तो अब कनवर्टिबल होते जा रहे थे . उसे तुरंत समझ आ गया की वह अगर आज देर करता है तो मामला हाथ से निकल जायेगा .उसने तुरंत रामप्रसाद को फ़ोन किया और भीड़ इकट्ठा की . सभी को लेकर वह अमन मलिक के घर पहुंचा .अमन के घर के बहार उसके कई समर्थक खड़े थे .अमन का गुस्सा कबीर शाह के समर्थकों ने अमन मलिक के समर्थकों पर निकालना शुरू कर दिया . दोनों तरफ से गाली गलौज होने लगी , धक्का मुक्की भी हुई पर बात ज्यादा बिगड़ी नहीं .अमन भी शोर सुन कर बाहर आ गया और अपने खोदे हुए गड्ढे के बारे में सबको पता चल जाने के बारे में जान गया .कबीर शाह चीख चीख कर अमन मलिक को गद्दार बोल रहा था .कबीर के समर्थक अमन मलिक की तुलना में कई ज्यादा थे , कबीर की चीख की आवाज़ और उसकी आवाज़ में आवाज़ मिलाने वाले लोग बढ़ते जा रहे थे .

अमन ने अपने लोगों को शांत रहने बोला और वापस अपने कमरे में चला गया .लड़ाई का मज़ा ही ख़त्म हो जाता है , जब सामने वाला समर्पण कर दे .थोड़े बहुत तमाशे के बाद कबीर शाह वह से निकलने लगा .उसने अपने समर्थकों से कहा अमन मलिक का यह चेहरा पुरे अलेश्वर में दिखना चाहिए . पुरे अलेश्वर में सबको पता चलना चाहिए की अमन मलिक चुनाव जीतने के लिए किस हद् तक गिर सकता है .

अमन के लिए यह वाकई चिंता का विषय था .रहीम के हादसे के बाद , इस कनवर्टिबल वाली बात ने उसको बेनकाब कर दिया . उसके लिए बहुत जरूरी था की वह मैदान में बने रहने के लिए कली नयी तरकीब सोचे .

सिर्गोधरा की आग अब तक ठंडी हो चुकी थी ,कनवर्टिबल नयी समस्या थी . और उससे भी भयानक समस्या सी एन जी . अलेश्वर का

ज्यादातर घरों में जहाँ एल पी जी नहीं था और कोयला बहुत पौराणिक ख्याल माना जाता था . खाना बनाने के लिए सी एन जी इस्तेमाल होती थी .

इसी सी एन जी को अगर ईंधन की तरह गाड़ियों में इस्तेमाल किया जाये तो कई दो पहिया चलने वाले को तकलीफ होती थी .सी एन जी का इस्तेमाल सारे तीन पहियो में और कई कनवर्टिबल गाडियों में होती थी .ऐसे में यह दोनों बिरादरी की गाड़िया दो पहिया चलने वालो को सुहाती नहीं थी .पर तीन पहिया चलने वालो की संख्या ज्यादा थी और उन्होंने कई बार दो पहिया चलने वालो पर हमला किया था , इसलिए दो पहिया चलाने वाले तीन पहिया वालो पर ख़ासा नाराज़ रहते थे .कबीर शाह और अमन मलिक इस बटवारे का पुरजोर फायदा उठाते थे .

11

कनवर्टिबल की समस्या ने जोर पकड़ लिया , लोग कई तरह की बात करने लगे . अलेश्वर में गाड़ी परिवर्तन की नयी बीमारी शुरू हो गयी . जिन कनवर्टिबल चलाने वालो को समाज एक अच्छी नज़र से देखता था उनपर लांछन लगाने लगा .अमन मलिक सिर्फ ज़रिया था , असली गुनाहगार लोग पीटर को मानते थे , जो कई दिन से फरार था .लोगों के बीच जमी इस नफरत को कबीर शाह ने कुरेद कुरेद कर और खूंखार कर दिया . इस बीच कनवर्टिबल चलाने वाले ग्राहम , जो दूसरी प्रदेश से अलेश्वर आये थे इस पूरी बात को नज़र अंदाज करते हुए और बिना गाड़ियों की अकार की चिंता किये हुए , अपनी धर्मपत्नी के साथ मिलकर अलेश्वर में गरीब , असहाय और बीमार लोगों की सेवा करने लगे . गरीबी अलेश्वर की बहुत बड़ी समस्या थी , और ऐसे में ग्राहम और उनकी पत्नी वहाँ के लोगों के लिए देवता तुल्य हो गए थे . ग्राहम से प्रभावित होकर कई दो पहिया वाले उनसे जुड़ने लगे .उनका शिविर भी लगने लगा जिस कनवर्टिबल की ताप पर कबीर शाह अपनी राजनीतिक खिचड़ी पका रहा था वह ठंडी पड़ने लगी थी .

अपने राजनीतिक मित्र और सलाहकार रामप्रसाद से मिल कर वह आगे की तैयारी करने लगा .

कनवर्टिबल के खिलाफ लगायी हुई आग अगर शांत हो गयी तो हमारी मेहनत बेकार हो जाएगी .रामप्रसाद ने कबीर की और देखते हुए बोला .

हाँ और अगर यह भाई चारा फैल गया तो हमारा काम असंभव हो जायेगा . कनवर्टिबल का वोट तो हम खोएंगे ही कई दो पहिया वोटों का भी नुकसान होगा . कबीर ने भी रामप्रसाद से हाँ में हां मिलायी ग्राहम का कुछ करना पड़ेगा .

ऐसा सोचना भी मत , ग्राहम और अब्दुल ऐसे लोग है जिन्होंने अपने किसी भी काम में अपनी गाड़ियों का सहारा नहीं लिया , इन्होंने सारे काम अच्छी नियत से किया और कोई भी स्वार्थ नहीं रखा .अगर इनको नुकसान पहुंचा तो आगे हमें दिक्कत हो जाएगी . आग लगाना और लोगों को भड़काना हमारी राजनीतिक मजबूरी है , पर हम यह खुल के नहीं कर सकते

जिस तरह की बात ग्राहम कर रहे है या फिर अब्दुल कह रहे है , उससे अमन मलिक का पलड़ा भारी हो रहा है . आप ही सोचिये , जो आदमी भेदभाव नहीं करता , कनवर्टिबल और तीन पहियों को एक जैसा देखता हो , वह सिर्फ दो पहिया की सराहना करने वाले को वोट नहीं देगा . बल्कि वह तो सिर्फ दो पहियों का साथ देने वाले को अपना दुश्मन समझेगा . कुछ तो करना पड़ेगा .

अब्दुल भाई को हम हाथ नहीं लगा सकते है . बहुत प्यार करने वाले है उनसे .

तो फिर ग्राहम ही बचा . रामप्रसाद , एक पक्का जवाब सुनने की उम्मीद में पूछा .

हाँ शायद ग्राहम को ही कुरबानी देनी पड़ेगी .

मुद्दा क्या होगा ? रामप्रसाद ने पूरी बात जाननी चाही

वही कन्वर्ट करने वाला .

राजनीति में सिर्फ दो तरह के लोग आते है . एक कबीर शाह जैसे जिनकी नियत में खोट है . किनका एक ही मकसद है , लूटना और राज करना .

इसके अलावा एक अमन मलिक जैसे भी लोग आते है . जिनका मकसद प्रेम भाव फैलाना है और सबको एक बराबर करना है . इस नियत के पूरा होने की उम्मीद तभी है , जब यह सत्ता में आएंगे . और सत्ता में आने के लिए , धन , बाहुबल सब कुछ चाहिए . इस लिए इस तरह के

लोग भी बेईमानी पर उतर आते है

. दो नंबर से पैसा कमाने लगते है , अपने राजनीति मकसद को पूरा करने के लिए गलत सही कुछ नहीं सोचते है .

राजनीति का एक रूप ही बेईमानी है , यही सच है .

अमन मलिक को भी यह बात मालूम थी . सड़कें अच्छी बननी है तो सत्ता में आना पड़ेगा . और सत्ता में आना है तो बेईमानी करनी पड़ेगी . और कोई उपाय नहीं है .

सिर्गोधिरा में तीन पहिया बदनाम हुए , पीटर के चलते कनवर्टिबल भी पिस गए . अब्दुल भाई भी उसका साथ नहीं दे रहे थे . हालांकि कनवर्टिबल चलने वालो में एक ग्राहम था जो भलामानुस था . कई लोग उसकी इज़्ज़त करते थे . अगर वह अमन मलिक के साथ हो तो कुछ बात बने .

इसी सोच में डूबे अमन मलिक ने तबरेज़ को फ़ोन मिलाया .

फ़ोन आखिरी घंटी पर उठे तो दो मतलब है , एक सामने वाला इंसान व्यस्त था या फिर वह बात नहीं करना चाह रहा था पर आखिरी में उसने अपना फैसला बदल लिया . तबरेज़ के साथ शायद आखिरी बात सच थी

बोलिए अमन बाबु

कैसे हो ?

मैं जानता हूँ की आपको मेरी फिक्र नहीं है , तो काम की बात पर आते है .

अमन मलिक के चेहरे का नकाब हट चूका था . ईमानदारी और सच्चाई का प्रतीक बना अमन , चुनाव जितने की कोशिश में कई रिश्ते मिटा चूका था .

फिक्र है तबरेज़ , पर जिस रास्ते पर मैं चल रहा हूँ , वह भावनाओं से ज्यादा हकीकत पर ध्यान देने की जरूरत है . रहीम की मौत मेरे लिए भी दुखदायी घटना थी , पर क्या रहीम ने गलत नहीं किया था . क्या बोलूँ मैं अलेश्वर की जनता को की रहीम के साथ गलत हुआ , तो क्या हुआ उसने आग लगायी , भूल जाए उसे .

तबरेज़ चुप रहा , अमने मलिक गलत नहीं था , पर नेता भी था , सीढ़ी का इस्तेमाल करना आता था उसे .

चलिए आपकी बात मान भी ली जाये तो क्या हो जायेगा , आपका कद अब काफी कम हो चूका है . अब्दुल भाई भी अब आपका साथ नहीं देंगे . चुनाव किस मुद्दे पर लड़ियेगा ?

मुद्दा नहीं , सच्चाई . वह सच्चाई जो हमें जनता को दिखानी है . की अलेश्वर में सभी गाड़ियाँ मिल बात कर रह सकती है .

अब वह नहीं हो पायेगा अमन बाबु , आपकी बिरयानी जल चुकी है , अब उसमें घी डालिए , इलायची डालिए , या फिर जो डालिए स्वाद नहीं आयेगा .

मैं दुबारा बिरयानी बनाने की बात कर रहा हूँ तबरेज़ .नए तरह से .क्यूँ न तुम अपनी फौज जमा करो , जो सभी से माफ़ी मांगे , सबको पुरानी बात भूलने बोले .इधर मैं कनवर्टिबल चलने वाले लोगों को तैयार करता हूँ . धीरे धीरे संगठन मजबूत करते है .

पर उसमें बहुत समय लगेगा अमन बाबु . चुनाव में ज्यादा समय नहीं है .

मैं जानता हूँ , पर हम दुगुना तिगुना मेहनत करेंगे , किसी भी तरह समर्थन लेंगे जनता का .

ठीक है , कोशिश करते है , देखते है , कहकर तबरेज़ ने फ़ोन रख दिया

अमन की महत्वाकांक्षा से उसे दर लगता था .

अमन अपने सारे पहचान टटोलने लगा , उन सारे लोगों से उसने संपर्क साधा जो ग्राहम और उनके परिवार के बारे में जानते थे . मकसद साफ़ था ग्राहम को हीरो बनाना और यह साबित कर देना की ग्राहम जैसे कनवर्टिबल गाडी चलने वाले अच्छे लोग है , और फिर जब जनता इस बात पर यकीन करने लगेगी तो तीन पहिया का भी चरित्र चित्रण सुधारना था .अच्छी नियत और खतरनाक तरीकों का संयोग राजनीति में कभी सफल नहीं हुआ . अमन के फेंके हुए पासे उसकी राजनीति की गोटी को कहा तक पहुँचायेंगे यह तो समय ही बता पायेगा .

एक पाँसा कबीर शाह भी फेंक चूका था . एक पूरी टीम ग्राहम के कदम कदम को माप रही थी . वह क्या कर रहे है , किनसे बात कर रहे है . खबर आती थी , की ग्राहम साहब लोगों को खाना संभल कर खाने

की नसीहत दे रहे है . जैसे की अगर किसी घर में खाना ज्यादा बन गया को उस खाने को कैसे बांस के अन्दर संभल कर रखा जाये . क्योंकि दाल जल्दी ख़राब होता है , पर चावल थोड़ा समय लेता है . प्रोटीन , विटामिन सिखाते सिखाते , गाड़ी का भी ज्ञान देने लगे .बात निकलते निकलते सी एन जी भी आ गयी . दरअसल , कई साड़ी कनवर्टिबल गाड़ियाँ इस तरह से बनायीं जाती थी की उसमें सी एन जी चले , यह आम पेट्रोल से सस्ता था और कनवर्टिबल गाड़ी ज्यादा लोगों को ढो सकती थी . हालांकि लोगों के मनन में अपनी गाड़ियो को लेकर इतना प्यार था की कोई उससे बदलना नहीं चाहता था .ग्राहम की पत्नी ने एक और बहुत बड़ी कोशिश की , अलेश्वर में सेनेटरी पद को लेकर जानकारी का बड़ा अभाव था . यही कारण से कई महिलाये प्रसव के कारण परेशान रहती थी और गंभीर बिमारियों का शिकार भी बनती थी . ग्राहम की पत्नी ने महिलाओं से खुल के इस बारे में बात करना शुरू किया . चुकी ग्राहम एक उदार वादी इंसान था , इस लिए इस विषय में बात करने में वह भी संकोच नहीं करता था . हालांकि महिलाये इस बात में ज्यादा बात करने से कतराती भी थी .

बात बनते बनते कबीर के भी कान में पड़ी , कबीर चाहता तो इसका राजनीतिक फायदा उठा सकता था , पर यह एक अच्छा काम था , और उदार वादी दो पहिया चलाने वाले भड़कने लगेंगे .

उसने इंतज़ार करना सही समझा , अपनी राजनीतिक समझ पर भरोसा करने वाला कबीर शाह जानता था की ग्राहम खुद ही उससे मौका देगा .

समय बीत रहा था . चुनाव नजदीक आ रहे थे . कबीर अपने गुर्गो को पुरे अलेश्वर में घुमा रहा था . अमन मलिक भी अपने काम में धीरे धीरे सफल हो रहा था . ग्राहम की मदद से उसने एक बहुत बड़ी दो पहिया चलाने वालों की संख्या को अपने बस में कर लिया था .

तबरेज़ भी कई दो पहिया वालो को मनाने में सफल रहा .बाकी तीन पहिया और कनवर्टिबल तो उसके साथ थे ही .

चार पहिया वाले इतनी आसानी से किसी की बात में नहीं आने वाले थे . उन्हें जो सही लगता वही करते .

कबीर शाह की परेशानी कुछ बढ़ रही थी , तीन पहिया और कनवर्टिबल के समर्थन की तो उसने कभी उम्मीद की ही नहीं थी , कुछ दो पहिया वाले भी उसके हाथ से निकल रहे थे .

जिसकी राजनीति की गाड़ी के पहिये नफरत के हो वह एकता और समता की सड़को पर पंचर तो हो ही जायेंगे .

ग्राहम अपनी लोकप्रियता के कारण अलेश्वर की एक बहुत बड़ी हस्ती बन चूका था .धीरे धीरे लोग उसकी बात मानने लगे .खाने का तरीका , कपड़ा पहनने का तरीका . यहाँ तक की कई दो पहिया वाले ने अपनी गाड़ी के आगे एक सीट लगवा कर उससे कनवर्टिबल भी बना लिया . इससे ग्राहम को भी हिम्मत मिली और वह पुरे जोर शोर से अपने काम में लग गया .

अब महिलाएं भी ग्राहम से सेनेटरी पेड़ को लेकर खुलने लगी . पर ज़्यादातर इस बारे में बात करने से हिचकिचाती ही थी .

अलेश्वर में कोई भी खबर छिपती थोड़े न है .दो पहियों के अपनी गाड़ी कन्वर्ट करने की खबर कबीर शाह तक जा पहुँची .जब उसने पता लगाया तो सिर्फ छः- सात लोगों ने ही अपनी गाड़ी बदलवाई थी . वह अभी अपनी खुद की स्वीकृति से . सिर्फ इस बात पर बवाल नहीं किया जा सकता था .कबीर शाह मौके की तलाश में अपने जान पहचान की कुछ महिलाओं को उसके शिविर में भेजने लगा और जानने की कोशिश करने लगा की दरअसल वह हो क्या रहा है .

कुछ ही समय में वह स्वच्छता को लेकर ग्राहम के प्रयासों को समझने लगा और उससे अपने आगे की रणनीति समझ आ गयी .

---***---

शराब और थकावट में एक खास समानता है , दोनों इंसान को अच्छी नींद दे देती है । रामप्रासाद पर इन दोनों का असर था ।

तभी ...

एक जोरदार आवाज़ ने रामप्रासाद की नींद को हल्का कर दिया , और फिर दूसरी आवाज़ ने उसे पूरी तरह नींद से उठा दिया । लड़खड़ाता हुआ रामप्रासाद दरवाज़े के उस पार कबीर शाह को देख नशे और नींद दोनों से बाहर आ गया ।

लोहा गरम है । हमें हथौड़ा मार देना चाहिए ।

कबीर शाह ने ग्राहम उसके कारनामे और उससे होने वाले नुक़सान के बारे में रामप्रासाद को विस्तार में समझा दिया ।

मतलब थोड़ी मारपीट करनी है , धमकाना है बस । रामप्रासाद ने फिर से पूछ कर पक्का किया।

हाँ बस इतना ही । तुम्हारे पास कितने लोग है ?

8 - 10 लोग होंगे ।

इतने से नहीं होगा । मैं कुछ लोग भेजता हूँ । आज रात को ही चल जाना ।

रात को , दिन को क्यों नहीं ?

अरे दिन में बहुत भीड़ रहती है । चुनाव में ज़्यादा बवाल नहीं होना चाहिए । रात को ही ठीक रहेगा ।

आग लगाने में भी अगर योजना बनायी जाये तो सोचिए नियत कितनी ख़राब होगी । कबीर शाह ने रामप्रासाद को साफ़ साफ़ कह दिया था की , ग्राहम जब अपने घर में सो रहा होगा तो रात के अंधेरे में कुछ लोग वहाँ जाकर उसपर कुछ लाठियां बरसा देंगे और उसे अपने देश वापस जाने बोलेंगे ।

सुनने में तो योजना अच्छी थी और रामप्रासाद तैयार भी हो गया था पर कबीर शाह के मन में कुछ और ही चल रहा था ।

12

अमन का आत्मविश्वास चुनाव के पास आते आते बढ़ता जा रहा था । वह जानता था कि अब उसके पास लगभग हर अकार कि गाड़ी का सहयोग है ।

यह बात तो साफ़ थी की अमन सचमुच चाहता था की अलेश्वर की सड़के ठीक हो जाये , पर राजनीति में शक्ति का संतुलन अपने पास रहे , यह अपने आप में एक बहुत बड़ा सुख है । तन , मन और धन

यही तो कुछ बातें है दुनिया में जो इंसान को ग़लत करने को उकसाती है । अमन का मन था अलेश्वर की गद्दी पर बैठना ।

इसी उधेड़बुन में बैठे अमन को एक बात अचानक से सूझी । अगर कबीर शाह हार भी जाता है तो शांत नहीं बैठेगा । दो पहिया लोगों को भड़काता रहेगा । अगर उसका नाम ख़राब कर दूँ तो मेरी जीत भी पक्की और कबीर शाह भी राजनीति से हमेशा के लिये ग़ायब ।

यह गाड़ियो के अकार पर लड़ना , ईंधन को लेकर झगड़े एक तरफ़ है , सबसे बड़ी लड़ाई गरीबी और अमीरी के बीच है । अगर पेट में ख़ाना नहीं हो तो फिर क्या गाड़ी क्या ईंधन ।जब घर में राशन ना हो तो सारे उसूल ख़त्म हो जाते है । इस दुनिया में गरीब इसलिए भी गरीब है क्योंकि उसे उसके ज़्यादातर सवालों के जवाब दूसरे की खामोशी में मिले है । किसी से कुछ माँगा , जवाब नहीं मिला समझ गया जवाब ना है । कहीं नौकरी के लिए आवेदन भेजा जवाब नहीं आया समझ गया आवेदन ठुकरा दिया गया है ।

अमन ने सोचा की अगर मैं ग़रीबो से मिलूँ , ख़ासकर उन ग़रीबो से जो २ पहिया के नाम पर कबीर शाह को वोट देंगे और उनके सवालों के जवाब दूँ , उनकी नौकरी , उनकी दिनचर्या से जुड़ी समस्या और सबसे बड़ी बात यह साबित कर दूँ की कबीर शाह मुख्य वजह है अलेश्वर कि गरीबी का तो बात बन सकती है ।

अमन ने तुरंत अपनी गाड़ी निकाली और निकल पड़ा अपने मंज़िल की ओर ।

---***---

रात के अँधेरे में रामप्रसाद अपने कुछ साथी और कबीर शाह के भेजे हुए कुछ साथी के साथ ग्राहम के घर के पास पहुंचा . उसे एक छोटे से कुटिया में एक महिला और रामप्रसाद की बेटी दिखी . न जाने कौन सी इंसानियत जग गयी रामप्रसाद के मन पर की उसने महिलाओं को परेशान करना सही नहीं समझा .

आस पास देख कर उसने वापस जाने का सोचा . पर आग का एक स्वभाव होता है , वह आस पास की चीजों को जला देती है , किसी भी नतीजे की परवाह किये बगैर . कबीर शाह के भेजे हुए एक गुर्गे ने पास में ही खड़ी एक कनवर्टिबल गाड़ी को देखा . यह ग्राहम की गाड़ी थी , जिसे उसने बारिश की वजह से ऊपर से ढकवा दिया था .

सारा बवाल इस गाड़ी का है . गाड़ी देखते हुए उसने कहा .

रामप्रसाद भी एक टक उस गाड़ी को देख रहा था . उसने पास में रखे एक ईंट को उठाया और जोर से गाड़ी पे दे मारा .

इतना ख़राब निशाना की ईंट सिर्फ गाड़ी तो थोड़ा खरोंच पंहुचा कर पास में जा गिरी .

भीड़ में से एक ने बोला की ऐसे नहीं चलेगा . गाड़ी को ही निपटा देते है . वह तेजी से गाड़ी की ओर बढ़ा और अपने साथ लाये हुए डब्बे से कुछ पेट्रोल गाड़ी पर छिड़क डाला .

रामप्रसाद अब तक इस बात को समझ ही रहा था की कबीर शाह के एक गुर्गे ने माचिस की तीली जलाई और गाड़ी पर डाल दी .

आग भड़की और ग्राहम की पत्नी अन्दर उठ गयी . वह जिस तरह से चीखते हुए बहार निकली , रामप्रसाद और उसके साथियों ने वह से

भागना ठीक समझा .

रामप्रसाद ने पीछे मुड़ कर देखा , ग्राहम की पत्नी जलते हुए गाड़ी को खोलने के कोशिश कर रही है , एक गाड़ी से इतना कौन प्यार करता है .यह सोचता हुआ रामप्रसाद वहाँ से भाग निकला .

---***---

अमन अपने दोस्त के साथ मिलकर कबीर शाह की पुरानी सारी फाइल खुलवा दी . सारे काले चिट्ठे की पुलिया अपने हाथ में समेट कर अब उसे बस अदालत जाना था . इन फाइल में वह सारे हादसे लिखे हुए थे . कैसे कबीर शाह ने एक वकील को मरवा दिया , कैसे कुछ व्यापारियों की मदद के कारण गरीब और गरीब हो गए . कैसे कुछ बैंक को चुना लगा कर करोड़ों का फर्जी लोन लिया गया .

यह ऐसी बातें थी जो कबीर शाह के डर से सामने नहीं आती थी .पर अमन अब उस मुकाम पर चला गया था जहाँ कबीर उसे नुकसान नहीं पहुच सकता था .

सारे फाइल और सबूत इकट्ठा कर अमन वह से निकल पड़ा .

अभी कुछ ही दूर बढ़ने पर एक मोटर साइकिल उसकी तरफ आई . उसमें उसके जान पहचान का एक कार्यकर्ता था .

अमन भी एक गड़बड़ हो गयी . रामप्रसाद ने ग्राहम की गाड़ी जला दी .

अमन सुन कर खुश हुआ इसमें गड़बड़ क्या हुई . चलो ग्राहम का नुकसान हुआ , वह तो हम दूसरी गाड़ी उसे दे देंगे , पर हमारा तो फायदा हो गया . अब तो रामप्रसाद और कबीर शाह अलेश्वर की नज़र में और भी ख़राब हो गए .

अमन भाई , सुनिए तो . उस कार्यकर्ता ने अमन को रोकते हुए बोला .

उस गाड़ी में ग्राहम और उसका बेटा भी था , और दोनों जल कर मर गए ....

---***---

एक बाल्टी पानी से कितने लोगों को भिंगा पाएंगे ? 10, 20 , 30 . बस . पर एक माचिस से चाहे तो पूरी दुनिया जला सकते है . पानी और आग में यह एक बहुत बड़ा अंतर है . प्यार और नफरत में भी कुछ ऐसा ही है . नफरत की आग इसी कारण तो अकसर उम्मीद से ज्यादा नुकसान करती है .

ग्राहम काण्ड में भी यही हुआ . या शायद कबीर शाह यही चाह रहा था .

तुम्हें मारने पीटने कहा था , यह क्या कर आये तुम .कबीर ने रामप्रसाद पर गरजते हुए कहा .

आप नाटक मत कीजिये कबीर बाबु , आपके ही भेजे हुए आदमियों ने गाड़ी में आग लगायी थी .

वह मेरे कहने पर गए थे रामप्रसाद , पर वहाँ तुम्हारे इशारे पर काम कर रहे थे . तुम जिम्मेवार हो इसके लिए .

देर तक चली बहस में अपने राजनीतिक प्रहारों से कबीर शाह ने साबित कर दिया की गलती रामप्रसाद की ही थी . उसने रामप्रसाद को यह भी कह दिया की अब समझदारी इसी में है की वह आत्मसमर्पण कर दे वरना बात और बिगड़ जाएगी .

उधर अमन जिसे अपनी राजनीतिक जीत समझ रहा था उसके लिए यह हादसा एक काल बन गया . जान से बढ़कर और कुछ नहीं , इसी कारण कुछ तीन पहिया चलने वालो को छोड़ कर कोई भी कबीर शाह के खिलाफ नहीं जाने की हिम्मत कर रहा था .

जहाँ हर नुक्कड़ पर कबीर शाह के खिलाफ भाषण चल रहे थे वह अचानक से बंद हो गए . कई 2 पहिया चलने वाले जो खुल कर कबीर शाह और गाड़ियों के आकार पर होने वाली राजनीति पर बोल रहे थे वह अचानक से शांत हो गए . ग्राहम काण्ड ने न सिर्फ कई लोगों को डरा दिया बल्कि गाड़ियों में जो बंधन बन रहा था उसे फिर से तोड़ दिया .

कबीर शाह ने बड़ी सूझबूझ से रामप्रसाद को पुलिस को सौंप दिया और जनता के नज़रों में अपने नाम का डंका बजवा दिया . कैसे किसी ने गलत किया और कैसे कबीर शाह बिना 2 पहिया से अपने सम्बन्ध की परवाह किये बगैर रामप्रसाद को सजा दिलवा दी .

कई कानूनी बहस हुई , लम्बी करवाई चली और अंततः कोर्ट में फैसला सुनाया . कुल 8 लोग पकड़े जा सके जिन्हें 2 साल की सजा सुनाई गयी और रामप्रसाद को फांसी की सजा दी गयी .

कुछ ही दिन में अलेश्वर की राजनीतिक दशा बदल चुकी थी , जहां अमन के जीतने की उम्मीद पक्की नज़र आ रही थी , वही ग्राहम काण्ड ने फिर से अलेश्वर को बाँट दिया था . ग्राहम की पत्नी कोर्ट के चक्कर लगते रही की सिर्फ रामप्रसाद ही क्यूँ उसके पीछे कबीर शाह की राजनीतिक मंशा भी तो थी वह भी तो उतना ही जिम्मेदार था . पर उसकी बात पर कोई ध्यान नहीं दे रहा था .

सिवाए एक आदमी के . अमन मलिक . अमन ग्राहम के घर पहुंचा . चुकी उसकी पत्नी स्टेसी से उसके अछे सम्बन्ध थे तो अमन के इंसानियत के नाते भी स्टेसी से मिलना फ़र्ज़ था . पर अमन इंसानियत के नाते नहीं बल्कि राजनीति के नाते मिलने गया था .

मेरे तो समझ ही नहीं आ रहा है मैं क्या करूँ . जिस अलेश्वर को मैं सुन्दर और रहने लायक बनाना चाह रहा हूँ वह और टूटती नज़र आ रही है . ऐसे में हम अफ़सोस करने के अलावा और कुछ नहीं कर सकते है .

स्टेसी दुःख के मारे कुछ बोल भी नहीं पा रही थी .

एक उपाय है अगर आप माने तो . अमन ने कहा .

आप के प्रति लोगों में बड़ी दया है , अगर आप चुनाव लड़े तो कबीर कमज़ोर पर जायेगा . अलेश्वर का पुराना इतिहास है , सबसे ज्यादा वोट सांत्वना के नाम पर आते है .

स्टेसी हँसी और कहा " आप के मन में मेरे लिए सांत्वना है की अवसर है ?

आप यह क्या कह रही है .

देखिये मैं साफ़ - साफ़ बोलती हूँ . इस हादसे से पहले हम पर कई आरोप लगे , ग्राहम महिलायो से प्रसव जैसी संवेदनशील बातें करते है , हम जबरन २ पहिया को कनवर्टिबल बनाते है और हमारा असली मकसद कनवर्टिबल गाड़ियों की संख्या बढ़ाना है . मैं अकसर घबरा जाती थी और ग्राहम को बोलती थी की हम इतना नेक काम कर रहे है , गरीब लोगों की परेशानी दूर कर रहे है पर समाज में कुछ और ही बात

फैल रही है . अमन मलिक अच्छा काम कर रहे है , उनसे बोलते है की हमारे बारे में सबको सच सच बताये .

पता है ग्राहम ने क्या कहा ?

उन्होंने कहा की अमन मलिक इसको राजनीतिक मुद्दा बना देगा और कुछ नहीं , अमन मलिक और कबीर शाह में एक ही अंतर है , कबीर शाह 2 पहिया के कंधे पर बन्दूक रख कर राजनीति कर रहा है और अमन मलिक 3 पहिया और कनवर्टिबल के कंधे पर बन्दूक रख कर . अगर हम कल मर भी गए तो उसमें भी वह एक राजनीतिक मुद्दा ढूंढ लेगा .

अमन स्टेसी को देखता रह गया . ऐसा लग रहा था की स्टेसी ने अमन का मुखौटा फाड़ दिया . वह एक पल भी रुकना सही नहीं समझा और तुरंत निकल गया .

चुनाव में कुछ ही दिन और बचे थे , और अमन मलिक को अपना भविष्य अन्धकार में दिख रहा था , ऐसे में वह कबीर शाह के घर जा पहुंचा .

"प्यासा कुआं के पास" कबीर शाह अमन मलिक को देख कर बोला .

नहीं एक दोस्त दूसरे दोस्त के पास . अमन मुस्कुराते हुए बोला

नहीं नहीं अमन , ज्यादा सही कथन होगा एक व्यापारी दूसरे व्यापारी के पास .

बोलो कैसे आना हुआ .

आने वाले चुनाव की जीत मुबारक हों . अमन ने कबीर के आँख में आँख डाल कर बोला .

क्या बात है , शुक्रिया , पर ऐसे जीतने में मज़ा नहीं है . तुम आखिरी तक लड़ते तो ज्यादा मज़ा आता .

मैं लड़ाई करने ही आया हूँ . अमन ने कबीर को रोकते हुए कहा और अपने झोले से एक फाइल निकाली . यह वही फाइल थी जिसमें कबीर के सारे कारनामों का चिट्ठा था .

कबीर उसे देख कर झटका खा गया . जिन आरोपों को उसने कई साल पहले दबा दिया था वह आज उसके माने मूह बाये खड़े थे .

कबीर गुस्से में लाल हो गया . उसने क्रोधित होकर अमन को तरेरते हुए देखा और बोला की तुम्हें लगता है की यह कागज़ मेरा कुछ बिगाड

लेंगे .

बिगाड़ तो कबीर शाह का कोई भी नहीं सकता , पर इस नाज़ुक समय पर यह फाइल फिर से खुल जाये और साथ में ग्राहम की पत्नी का भी बयान आ जाये की कबीर शाह इस पुरे प्रकरण के पीछे था तो थोड़ा बहुत नुकसान तो हो ही सकता है .

कबीर कुछ बोल न सका .

क्या करोगे ग्राहम की पत्नी को भी जला दोगे ? मुझे मालूम है की ग्राहम अपने बेटे के साथ गाड़ी में था , यह बात तुम और तुम्हारे आदमी पहले से जानते थे .

अमन की बात सही थी . कई बार चुनाव जीतने के बाद कबीर शाह ऐसी स्थिति में था की अगर जोर से प्रहार हो तो उसका राजनीतिक सपना बिखर जायेगा .

तुम क्या चाहते हो ? कबीर ने पूछा

गद्दी पर तुम ही बैठो , पर मैं तुम्हारा मुख्य सलाहकार रहूँगा . इस कुर्सी का स्वाद दोनों मिलकर लेते है .

कबीर हँस के बोला . तो मैंने सही समझा था . व्यापारी व्यापार करने आया है . सलाहकार की गद्दी से संतोष मिल जायेगा तुमको ? और कहीं तुमने मुझपर हमला कर दिया तो ?

साथ में रहूँगा तो ज्यादा अछे से नज़र रख पाओगे मुझपर . वैसे भी अब अगर हम और लड़े तो दोनों का नुकसान है .

कबीर कोई मौका नहीं छोड़ना चाहता था . उसने हाँ कर दी .

13

चुनाव हुए और कबीर शाह बड़े आराम से जीत गया . सांप और मगरमच्छ में दोस्ती हो जाये तो भोली भाली मछलियाँ क्या ही कर लेगी . अमन और कबीर मिल गए थे . अलेश्वर की जनता भी सारा खेल समझ गयी थी . पर उनके पास चारा ही क्या था .

अलेश्वर की सड़कें वैसी की वैसी ही रह गयी . न ही कोई सुधार और ना सुधार की उम्मीद . ऐसे में एक दिन अलेश्वर की गली में एक दो पहिया और तीन पहिया फिर से टकरा जाते है .

अलेश्वर के लोगों के लिए तो यह आम घटना हो गयी थी , संकरी गलियाँ टेढ़े , मेंढ़े रास्ते . दुर्घटना तो होंगी ही . फिर वही कहाँ , भीड़ जमा होने लगी , लोग इकट्ठे होने लगे . वही 2 पहिया और तीन पहिया वाला हंगामा . आग में घी डालने लोगों ने कबीर शाह और अमन मलिक तक बात पहुंचा दी .

घर पर बैठ आराम करते करते उब चुके दोनों नेतागण वह पहुँच भी गए . कबीर 2 पहिया 3 पहिया वाली राजनीति कर रहा था , और अमन मीठा मीठा बोल कर बात को रफा दफा कर रहा था . मंजे हुए नेताओं के आगे जनता की क्या बिसात . झगड़ा धीरे धीरे ख़त्म होने लगा .इतने में किसी ने कहा की अरे यह देखो यह 3 पहिया चलने वाला तो अरुण है जो पहले २ पहिया चलता था . अच्छा मज़ाक है जो काम पहले कनवर्टिबल वाले करते थे वही काम तीन पहिया चलने वालो ने भी शुरू कर दिया . गाड़ी बदली कराने लगे . एक आदमी ने अरुण को पकड़ा और एक थप्पड़ रसीद दिया . क्यूँ रे दो पहिया चलने में शर्म आती थी क्या . यह अचानक

से गाड़ी परिवर्तन क्यूँ कर लिया . .

इससे पहले वह कुछ बोलता तबरेज़ वहां आ पहुंचा , जिसका जो मन वह गाडी चलाये तुम कौन होते हो रोकने वाले . अब स्थिति बिगड़ने लगी . बस अब धक्का मुक्का चलने ही वाला थी .दुर्घटना में एक आदमी का खून बह गया था तो किसी ने स्टेसी को वह मरहम पट्टी को बुला लिया था

सारे तमाशे को देख स्टेसी ने कहा " क्या हुआ , फिर किसी की गलती के कारण दुर्घटना हो गयी ?

क्योंकि सड़क तो अच्छी है , गलियाँ भी इन नेताओं ने चौड़ी चौड़ी बनवा दी है , फिर कैसे दुर्घटना हो सकती है . जरूर इन तीन पहिया चलने वाले ने कुछ गड़बड़ की होगी या फिर 2 पहिया वाले ने कुछ गलती की होगी ।

लोग स्टेसी का व्यंग्य समझ रहे थे पर चुप थे ।

अरे तुम लोग पागल हो क्या . इतनी सी बात नहीं समझ आ रही है की अगर रामप्रसाद ने ठोकर मारी है तो रामप्रसाद की गलती है और क्या फर्क पड़ता है वह कौन सी गाड़ी चला रहा है . अगर तबरेज़ तीन पहिया चलने की जगह 2 पहिया चलने लगे और टक्कर मार दे तो उसमें गाड़ी की गलती है कि तबरेज़ कि ।

पर ज्यादातर तीन पहिया वाले ही दुर्घटना करते है , किसी ने भीड़ में से कहा ।

चुप .. बिलकुल चुप . अगर कोई गलती करता है तो उसे निकाल कर पकड़ो , करवाई करो , तुम तो उस पर 2 पहिया या तीन पहिया का लेबल चिपका देते हो . फिर वह भी बड़ी आसानी से अपने समूह में जा कर छिप जाता है . खुद गलती करता है और जाके बाकी गाड़ियों के बीच छिप जाता हैं . एक दिन यह तबरेज़ दुर्घटना करता है और उसपर कोई उँगली नहीं उठाता . क्योंकि सभी को इसमें तीन पहिया दिखता है ।

आप सबके दिमाग़ को यह नेता नियंत्रित कर रहे है । पता है क्यों ? क्योंकि अगर आप लोग आपस में नहीं लड़ेंगे तो पूछने लगेंगे की सड़क अभी तक ठीक क्यों नहीं हुई है ,हर जगह गड्ढे क्यों खुदे हुए है ।

आज आप लोग गाड़ियो के आकार पर बँटे हुए है , ईंधन पर बँटे हुए है । कल यह किसी और मुद्दे पर लड़वायेंगे । अरे हम अपनी कमाई का एक हिस्सा इन्हें देते है , इतना तो हक़ बनता है हमारा की इनसे पूछ लूँ की सड़क कब बनेगी । पर नहीं सड़क क्यों नहीं बन रही है ? क्योंकि यह गाड़ी ग़लत है , वह गाड़ी ग़लत है ।

और फिर हम लड़ने लगते है । इनकी लगायी हुई आग में हमारी गाड़ियाँ जलती है , हमारे परिवार वाले जलते है और सजा मिलती है राम और रहीम को । कबीर शाह और अमन मलिक को कोई कुछ नहीं बोलता । हम सब झूले के अलग अलग छोर पर बैठे है , और अगर किसी की तरफ़ भी वजन थोड़ा सा बढ़ा या घटा दिया तो पूरा संतुलन बिगड़ जाएगा । और यही काम यह करते है , कभी 2 पहिये के साथ हो जाएंगे कभी तीन पहिये के साथ तो कभी कनवर्टिबल के ख़िलाफ़ ।

थोड़ा तो दिमाग़ लगाये । मैं हाथ जोड़कर बोलती हूँ की गाड़ियों के हिसाब से मत बँटिये । सब को इस धरती ओर ऊपर वाला ही भेजता है । व्यवस्था पर सवाल उठाइए । आपस में मत लड़िये ।

स्टेसी बोलते बोलते रोने लगी । लोग परेशान होकर एक दूसरे को देख रहे थे । कुछ पढ़े लिखे लोग बात की गंभीरता समझ रहे थे , कुछ लोगों की नफ़रत कम भी हो रही थी , की अचानक से कबीर शाह ने बोला अब यह कनवर्टिबल चलाने वाले हम लोगों को ज्ञान देंगे ।मोहब्बत की डोर इतनी नाज़ुक होती है की कबीर के एक आवाज़ से टूट गयी । बस फिर से बहस होने लगी , और लोग झगड़ने लगे ।

दूर खड़े एक कुत्ते ने सर उठाया और असमान की तरफ़ देख कर भौंका । मानो ऊपर वाले को धन्यवाद दे रहा हो की उसे इंसान नहीं बनाया ।

------------------*******************--------------------

www.ingramcontent.com/pod-product-compliance
Lightning Source LLC
Chambersburg PA
CBHW031458150726
47990CB00007B/2800